超武装空母「大和」③

帝国海軍を救え！

野島好夫

コスミック文庫

この作品は二〇〇九年一二月に小社より刊行された『超武装空母「大和」下』第一部を加筆訂正したものです。

なお本書はフィクションであり、登場する人物、団体等は、現実の個人、団体、国家等とは一切関係のないことを明記します。

目　次

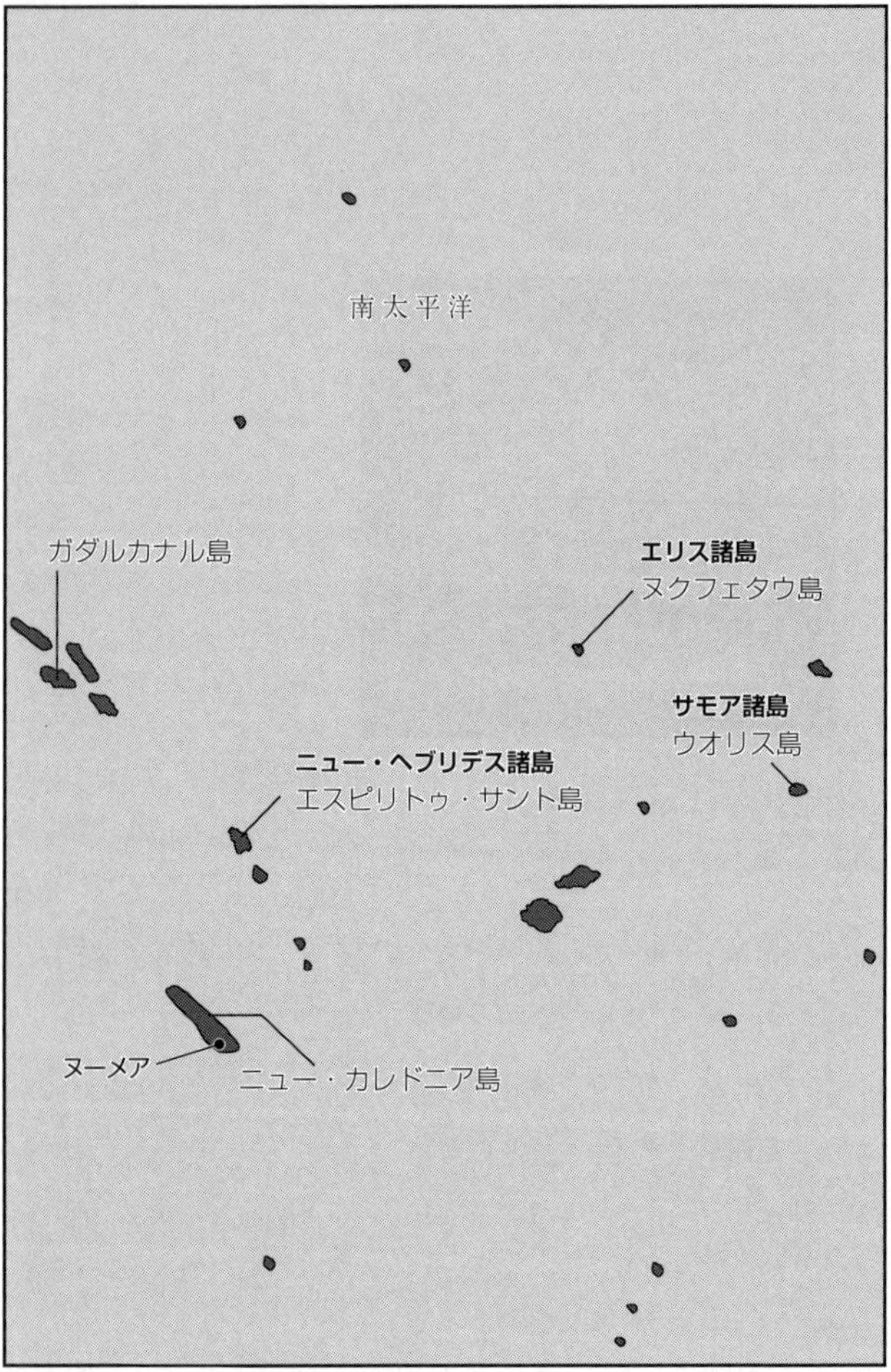

南太平洋
ガダルカナル島
エリス諸島
ヌクフェタウ島
サモア諸島
ウオリス島
ニュー・ヘブリデス諸島
エスピリトゥ・サント島
ヌーメア
ニュー・カレドニア島

プロローグ

『1』

「楽園」
南太平洋によく冠せられる言葉だ。
アクアマリンの海。
原色で美身を飾った魚たちと、それを見守る珊瑚礁《さんごしょう》。
真白い砂浜。
ときめきを司《つかさど》る美しき神秘の貝殻。
緑に包まれた島々。
風に揺れる椰子《やし》の林が、小気味よいメロディを奏《かな》でてゆく。

透き通った空間は、時間さえも超越したような錯覚を与えてくれるだろう。

これらだけを見れば、確かに南太平洋は楽園であり、この世のパラダイスである。

しかし、物事には光があれば常に闇がある。

陽と陰は別のものではなく、一体として存在しているものなのだ。

南太平洋もまた、例外ではない。

楽園とは、その裏に確実に地獄を持っている。

楽園の地獄。

この矛盾しつつ、同時に真実でもある状況が、このとき南太平洋に迫りつつあった。


「今に始まったことではないさ」

リンガ泊地に投錨《とうびょう》している超弩級《どきゅう》空母『大和』の艦橋に差し込む柔らかな西日を浴びながら、『大和』超武装艦隊司令長官竜胆啓太《りんどうけいた》中将は穏やかな表情で言った。

「まあ、そういうことでしょうね」

うなずきながら言ったのは、艦隊の参謀長仙石隆太郎《せんごくりゅうたろう》大佐である。

「さすがですね」

苦笑を浮かべながら加わったのは、『大和』艦長柊竜一《ひいらぎりゅういち》大佐だ。

未曾有《みぞう》の強大な戦力を持つ『大和』超武装艦隊は、連合艦隊司令長官山本五十六《いそろく》大将から、これまでもかなり過酷な作戦を命ぜられてきた。

しかし、このときに受けた命令は、過酷な任務に慣れているはずの『大和』超武装艦隊の幕僚たちでさえも顔色を変えたほどの困難なものであった。だが、竜胆長官と仙石大佐には、動揺や恐れの様子が毛ほどもない。

「いや、俺だってこの命令が簡単なものだとは思ってないさ。でもな、辛《つら》いと考えたところでどうにかなるものでもないからな」

仙石参謀長は、運命論者というわけではないが、自分の力ではどうにもならないことがあると承知していたし、無理に逆らえばかえって事態を悪くすることすらあると、これまでの経験で知っていた。

（それは、単純に身を任すという無責任な考えではない。自らの意志で大きな流れに乗るということだ。そりゃあ、流れ方の術《すべ》は知っている必要があるが、それさえできれば、やがては流れ自体を自分のものすることができる。そしておそらく、この思いは長官も同じはずだ）

仙石のこの気持ちは、すぐに竜胆自身によって証明される。

「参謀長の言う通りだろうよ。難しいと思うから難しくなるのさ。そうではなく、俺たちは俺たちの力を信じて戦えばいいんだ。そして、俺たちにならできると思われているからこそ、山本閣下もこんな命令を出されたのだろう。ならば、やるしかない。それだけのことだ」

気負いのひと欠片《かけら》もない清々しげで確信に満ちたボスの言葉で、幕僚たちの恐れや迷いが霧散していく。

「それに、俺たちには、超技局（海軍超技術開発局）から贈られた新しい力がある」

仙石がそう言ったときである。

ガォガォ――――――ン！

『大和』の艦橋にすさまじい爆音が轟《とどろ》き渡った。

航空参謀牧原俊英《まきはらとしひで》中佐が、顔を上げて天空にいる爆音の主を見た。

濃い緑に塗られた四機の機体が青空に映え、美しい。

それは世界で初めて実戦に投入されたジェット艦上戦闘機である。

名は『天風』。もっとも、海軍に制式採用されたわけではない。仮称である。

超技局が開発を進め、ドイツ技術者の協力を得て完成した『天風』は、能力的には現在世界最強と言われる零戦をはるかに凌《しの》いでいる。しかし、いかんせん建造費もその分高く、零戦が使い物にならないならともかく、まだ十分すぎるほどに使用できる状況では、すぐさま海軍が導入するとは考えられなかった。

そこで超技局開発陣は、海軍には内緒で『天風』を『大和』超武装艦隊に配転し、その力を見せつけようと画策したのである。

当然そう簡単に許されることではないが、その案を知らされた連合艦隊司令長官山本五十六大将の後押しによって実現した。

『大和』超武装艦隊が、いわば連合艦隊司令長官直属の艦隊といえる存在だからこそ可能になったと言えよう。

本当なら超技研としては中隊規模の一二機を投入したかったのだが、それほど費用に恵まれない超技研には無理なことであった。

グワァ――――ン！

それまで水平飛行を行なっていた天風が急上昇に入り、瞬《また》く間に天空に消えた。

「やはり速いなあ」

驚嘆の声を上げたのは、通信参謀小原忠興《おはらただおき》大佐である。

「でしょう。天風の最高速度は八一五八キロ。間違いなく世界一の韋駄天《いだてん》ですよ。しかも零戦の総重量の二倍近いというのに。まさにジェット戦闘機、恐るべし、でしょ、小原大佐」

牧原航空参謀が自慢げに小鼻を膨らませた。

「ちぇっ。まるで自分が開発でもしたような言いぐさだな、牧原」

小原が苦笑する。

牧原はちょっと恥ずかしげに頭を掻いた。

「でも、鼻息なら天風隊を率いる市江田《いちえだ》中尉のほうが荒いですよ。あいつ、四機の天風は零戦中隊二個に匹敵し、もし艦戦のすべてが天風になれば、我が艦隊の戦力は飛躍的に上昇すると言っていましたからね」

「話半分としてもすごいよな」

「いや、おそらく市江田は、これでも抑えて言ったんじゃないかと私は思っている。天風は間違いなく航空機の歴史を変えるだろう。特に攻撃機のな。それほどのもんだよ、ジェット機は」

竜胆の言葉に、牧原が大きくうなずいた。

「しかも、超技研はおまけまでつけてくれましたからね」

仙石が言いながら『大和』の飛行甲板を見た。

天風を初めて見た者は、プロペラがない機体に驚くのが常だったが、今、仙石が見下ろしている航空機もそれに負けぬほどの異形《いぎょう》であった。

後《のち》に今大戦最強の艦攻と呼ばれることになる『零式艦攻』である。

その名からもわかる通り、零式艦攻は零戦をベースに改造された艦攻なのだが、単純に改造と考えるのは間違っているだろう。

その大きな理由の一つが、見た者を驚かせる機体の形だ。

零式艦攻は、二機の零戦を主翼と水平尾翼で繋げた三座双胴機なのである。

右の胴体は複座で操縦員と偵察員が乗り、左の胴体は単座になっていて電信員の席があった。右と左の座席の連絡には機内電話が使われている。

すでに一巻でも書いたことだが、イギリス海軍は一機の艦上機に複数の能力（戦闘機でありながら爆撃機の能力があったり、逆に爆撃機と同時に戦闘機の力も付加させるといった具合に）を持つ機体を製造したが、いずれも中途半端な結果になり、成功したとは言い難い。

しかし、零式艦攻の場合は違う。零式艦攻は、あくまで艦攻として開発が行なわれたからである。

零戦の優れた特色ではあっても、艦攻として必要のないものはすっぱりと切られた。

それでもなお零式艦攻は、優れた攻撃機としての能力も失っていなかったのである。

零戦のように強力な機関砲は搭載していなかったが、機首に各二挺、主翼に五挺の七・七ミリ機銃、各後部座席に旋回式の七・七ミリ機銃と計一一挺の機銃を搭載していた。よって、普通の艦攻だと考えて舐めてかかる敵戦闘機は、零戦譲りの旋回性能と身軽さによって地獄に叩き落とされてしまうだろう。

艦攻としての能力を言えば、二本の機体に最大八〇〇キロ爆弾を二基、あるいは二基の魚雷を艦載できた。

ほとんど行なわれることはないが、片方に爆弾、片方に魚雷を艦載することも可能である。

『大和』超武装艦隊に配備された零式艦攻は、中隊規模の一二機であった。

零式艦攻隊は形式的には『大和』艦攻隊の指揮下にあったが、実際上は内地で零式艦攻の飛行訓練を積んだ井口淳三郎《じゅんざぶろう》少佐が指揮を執ることになっていた。

当然、搭乗員も井口と共に訓練に励んだ飛行兵である。

その二重構造に関して竜胆長官をはじめ『大和』超武装艦隊の司令部は当初案じたが、井口少佐と艦攻隊指揮官小西雅之《まさゆき》中佐が旧知の間柄なこともあって、司令部の心配は杞憂《きゆう》に終わった。

キュイ――――ン。

キュゥ――――ン。

ドン。

ヒュゥ――――ン。

鮮やかで踊るように四機の天風が着艦する様子を、穏やかな表情を見つめていた竜胆長官が、満足そうにうなずいた。

「さて、参謀長」

竜胆が振り返り、仙石を見た。

「出撃しようか、南太平洋に」

「承知しました」

仙石参謀長が言った。瞬間、仙石の脳裏を、訓練航海で航行したことのある南太平洋の美しい情景がかすめた。

だがすぐに、美しい情景は炎と黒煙に包まれた。

それは、想像の地獄の姿に似ていた。

『2』

「わかっていますよ、議員。しかしこれ以上ルーズベルトたちを自由にはさせられません。ええ、危険は承知です。でも、誰かがやらなければなりません。このまま合衆国を泥沼の中で歩かせ続ければ、国の将来をも危うくさせますから……はい。もちろん十分に気をつけますので」

共和党のリーダー的存在の一人であり、アメリカ合衆国第三二代大統領フランクリン・デラノ・ルーズベルトのライバルとしても有名なハミルトン・フィッシュ議員からの電話を終え、フィッシュ議員の側近であるバーナービ・ロナバルド議員は受話器を置いた。

フィッシュ議員とともに対独、対日との戦争回避には並々ならぬ努力を続けてきたロナバルド議員だったが、日本軍によるパールハーバー襲撃が起こると、開戦に同意した。

その時点では、彼らは日本を追いつめるハル・ノートの存在をまだ知らなかったし、パールハーバー襲撃は日本の卑劣な作戦と考えたからだ。

しかし、日本が決して飲めるはずのない条件を突きつけたハル・ノートの存在を知ったロナバルド議員たちは、自分たちがルーズベルト大統領とその一派に欺《あざむ》かれたことを知った。

先に日本に攻撃を仕掛けたのは、ルーズベルトだったのである。

ハル・ノートという一撃で、日本軍のほうから戦わざるを得ないように追い込んだのであった。

老獪《ろうかい》でしたたかなルーズベルトらしい画策だった。

「バーナービ。私は自分がこれほど愚かだと思わなかったよ」

ハル・ノートを知った後のフィッシュ議員の言葉は、そのままロナバルド議員の言葉でもあった。

だが、戦争は始まってしまっていた。

それも、無惨なほどの苦戦をアメリカ軍は強《し》いられている。

若者たちの命が奪われ、一般国民はルーズベルトの描く三文芝居の舞台の上で踊らされている。

しかも、自分はほんの一時《いっとき》だったとしても、それに荷担してしまったのだ。

——戦争終結。

ロナバルド議員は、もうそれしかないと、思っていた。

もちろん、一度は開戦に賛成した自分も無罪ではないだろうが、あえて泥をかぶるつもりでいたのだ。

「ルーズベルトよ。お前たちの汚い野心は、この私が命をかけてでも叩き潰してやる」

吼えるように言うと、ロナバルド議員は自宅の玄関に向かった。

玄関には黒塗りの公用車が止まっており、ロナバルド議員は後尾座席に乗り込んだ。

ズガガガ――――――ン！

公用車が爆発したのは、出発してからわずかに一〇秒後であった。

「なに!? バーナービが乗った車が爆発し、彼が死んだだと！」

報告を受けたフィッシュ議員は、すぐにそれがルーズベルト一派の仕業《しわざ》だと確信した。

憤怒《ふんぬ》と恐怖が絡み合いながらフィッシュ議員の身を包む。

「予想できたことだ。だから言ったじゃないか、バーナービ、無茶な行動は慎《つつし》めと。

あの男は、ルーズベルトという男は、己《おのれ》の野心のためならどんな汚い手であろうと使う卑劣漢なのだ。ああ、可哀相なバーナービ。私は何をなすべきなのだろう。私に何ができるのだろう……」

フィッシュ議員は、力なく首を振り大きなため息をついた。

改めてルーズベルトに対する憎悪を深め、ロナバルド議員謀殺の真相を暴かねばならないと思うが、それが自分にとってこれまで以上に危険な行為であることもフィッシュ議員は知っていた。

「そう、それこそが私のなすべきこと、できること……そうだ、やらなければならない。それがバーナービの死を無駄にせず、アメリカ合衆国の未来のためでもある。ルーズベルト。君はたぶん失敗したよ。いや、絶対に失敗した。バーナービの死は、私たちをよりいっそう結束させるだろう。そのことを、やがて君と君の同調者たちは知ることになるだろう」

フィッシュ議員は、その日の予定をすべてキャンセルさせると、ロナバルド議員の自宅に向かった。

「やりすぎたかもしれんな」

ホワイト・ハウスの大統領執務室で、ルーズベルト大統領はつぶやくように言った。

彼もまた、ロナバルド議員の死が、フィッシュ議員ら自分の反対勢力の絆を固めることになると知っていたからだ。

だがすぐに、ルーズベルトは首を振った

「しかし、これ以上ロナバルドをほうっておけば、合衆国各地で大規模な戦争反対デモが噴出するに違いない。フィッシュほどの政治的センスはロナバルドにはないが、扇動家《せんどうか》としては十分な能力を持っていたからな。いいのだ、正しかったのだ。バーナービ・ロナバルドは死ぬ運命だった……」

電話が鳴った。

受話器を取ったマイク・ニューマン大統領補佐官が、

「大統領閣下。マーシャル陸軍参謀総長が面会のアポイントメントを」

「予定は？」

ニューマンが懐から手帳を取り出し、ページを繰って言った。

「午後三時なら」

「ロナバルドの件だろうな。マーシャルはこの手の荒療治が嫌いだから……」

「…………」

「とはいえ、会わないわけにもいかないだろう。あの男は十分に使いでのある男だからな」

ルーズベルトは面会の許可を与えると、葉巻に手を伸ばしてゆっくりと火をつけ、吸った。

室内が暗くなったのは、太陽の光が雲に遮られたからだろう。

ふっと、嫌な予感がルーズベルトをよぎる。

予感の正体を探ろうと目を閉じたが、具体的なものは何も浮かんでこなかった。

諦めてルーズベルトは葉巻を消した。

「大丈夫だ……私は失敗してはいない」

自分に言い聞かせるように言って、ルーズベルトは目を開けた。

第一章　南太平洋の地獄

『1』


日本軍によるガダルカナル島の航空基地建設は、あまり順調とは言えなかった。

理由はいくつかある。

アメリカ軍と違って日本軍は工事用の重機が不足しており、建設は人力に頼らざるを得なかったことや、ラバウル以上に遠距離にあるガダルカナル島への資材輸送がスムーズに行かなかったことなどがあった。

だが一番の理由は、南太平洋各地に散らばるアメリカ陸軍航空部隊による爆撃である。

重・中爆撃機を中心とした高度からの水平爆撃がメインのため、命中率そのものはさほど高くはないのだが、その高度のために基地の機銃や高角砲の反撃が十分に行なえなかったのだ。

また、滑走路がまだ未完で、迎撃用の戦闘機が足らないことも、反撃がしにくい原因である。

しかも運良く敵の爆撃機を捕捉できたとしても、頑丈な敵機を少数の迎撃機で撃墜するのは容易ではなかったのだ。

このときガダルカナル島に駐留していたのは三〇〇名の工員、二五〇人の軍属で編制された海軍設営隊と、ラバウル航空基地から派遣された航空部隊である。

当初、ラバウルからの援軍と、この付近の守護に当たる第八艦隊で防衛は可能と思われたが、アメリカ太平洋艦隊から派遣された任務部隊の存在によって、第八艦隊はガダルカナル島のみの守護に専任できず、また、攻撃を仕掛けてすぐに逃げ去っていくアメリカ爆撃部隊を捕まえるには、ラバウルは遠すぎたのであった。


一一月中旬。

三川軍一《みかわぐんいち》中将が率いる第八艦隊の索敵機が、ソロモン諸島南端のサンクリストバル島南方で、ガダルカナル島方面に向かうと思われるアメリカ陸軍航空部隊の爆撃部隊を発見した。

報告を受けた三川長官は、即座に麾下《きか》の空母『鳳翔《ほうしょう》』『龍驤《りゅうじょう》』、そして新たに配属された新鋭空母『飛鷹《ひよう》』に迎撃部隊の出撃を命じた。

空母『飛鷹』は、客船『出雲丸』として建造されていたのを、途中で空母に改装した改装空母である。

軍縮条約に縛られて自由に軍艦が建造できなかった海軍は、苦肉の策として、いざというときには三カ月で空母に改装できるという条件で、客船『出雲丸』の建造費の六割を負担したのだ。

そして、開戦となり、客船『出雲丸』は空母『飛鷹』にと改装されたのである。

改装空母『飛鷹』の基準排水量は二万四一四〇トン、全長二一九・三二メートル、よって中型空母である。

主要武装は、一二・七センチ連装高角砲六基一二門、二五ミリ三連装機銃八基二四挺、一二センチ二八連装噴進砲六基。

最大速力は二五・五ノットと少し物足りないが、搭載機は常用四八機の補用五機。

主力空母が『鳳翔』『龍驤』という旧型空母のため、航空戦力に恵まれていなかった第八航空戦隊にすれば、『飛鷹』はまさに待ちに待った新戦力だったと言えよう。

それだけにこれまで苦労が多かった三川長官の意気込みは大きく、その思いは迎撃部隊の零戦隊にも十分に伝わっていた。

零戦隊の指揮官は、『龍驤』飛行隊分隊長青山伸吾《しんご》大尉である。

これまで限られた航空戦力で敵と戦ってきたという意味では、苦労をしてきた青山大尉も三川長官と同じだったろう。

高度六〇〇〇メートルで青山の指揮する一二機の零戦隊は、数機のカーチスP40『ウォーホーク』戦闘機に守護されたボーイングB17『フライング・フォートレス』重爆撃機の編隊を発見した。

青山は愛機の翼をバンクさせて、部下たちに攻撃を命じた。

ほぼ同時にアメリカ爆撃部隊も零戦隊を発見し、掩護《えんご》任務の『ウォーホーク』が爆撃機から離れて零戦隊に殺到してきた。

「一六機……」

青山が、接近してきた『ウォーホーク』の数を素早く数えた。

掩護戦闘機のすべてがこちらに来るはずはないから、『ウォーホーク』の総数は二〇機から二四機であろうと青山は読んだ。

青山は隊を割り、六機が向かってくる敵機を迎え撃ち、残りを敵爆撃部隊に向かわせた。

グズグズしていると『フライング・フォートレス』重爆撃機が高度を上げてしまうからだ。

零戦は今でも最強の戦闘機には違いないが、実は高々度では性能が低下するという欠点を持っていたのである。

青山は五機の部下を引き連れ、すでに上昇を開始した爆撃部隊を追った。

高度八〇〇〇メートルで青山はアメリカ爆撃部隊に接近した。

睨んだ通り、八機の『ウォーホーク』がドッグ・ファイトを挑んできた。

高々度では性能が低下するとは言っても、零戦から見れば愚鈍な動きしかできない『ウォーホーク』が相手ならさほど問題はなかった。

青山は殺到してきた敵機の背後を軽々と取るなり、七・七ミリ機銃の発射レバーを引いた。

ガガガガガッ!

ガガガガガッ!

機首固定の七・七ミリ機銃弾が小気味よい音を上げ、逃げまどう『ウォーホーク』の機体に正確に吸い込まれていく。

ババババババッ！

ガガがガガガッ！

機銃弾の直撃を受けた『ウォーホーク』の機体に破片が飛び、黒い燃料が噴き出す。

燃料が糸のように流れたかと見るや、それはすぐにパッと発火した。

黒い糸は深紅の吹き流しになり、あっという間に『ウォーホーク』は炸裂した。

グワワァァァ————————ン！

砕け散った機体が、宙を舞った。

しかしすでに青山の目は、眼前に迫りつつある重爆撃機を見つめていた。

ボーイングB17『フライング・フォートレス』、直訳すれば『空飛ぶ要塞』である。

四発重爆撃機の元祖的な存在である『フライング・フォートレス』（データはE型）は、全幅三一・六三メートル、全長二二・三五メートル、全備重量二万七二一六キロである。

最高速度は巨体でありながらも四六二キロと、それまでの大型爆撃機の能力を凌《りよう》駕《が》していた。

武装は一二・七ミリ機銃八挺（後期型では一三挺まで増える）、爆弾四七二三キロ（同じく八〇〇〇キロ）、乗員一〇名という画期的な爆撃機である。

今では防御の硬さで有名な『フライング・フォートレス』だが、投入当初、欧州戦線に送られた頃の『フライング・フォートレス』の防御力はさほど高いものではなかった。

この重爆撃機が後《のち》に言われるような十分な硬さを手に入れたのは、今、青山隊が相手にしようとしているE型からであった。

機体の腹に向かって、青山が主翼の二〇ミリ機関砲弾を放つ。

ズドドドドドッ！

ズドドドッ！

火の玉の列が『フライング・フォートレス』の腹を叩く。

命中はしている。

しかしこの程度の一撃では、防御力を固めた『フライング・フォートレス』はそう簡単に落ちないのだ。

「ちっ！」

青山が舌打ちして愛機を滑らせる。

そこに向かって、『フライング・フォートレス』機体底部の機銃が火を噴いた。

ガガガガガッ！
ズガガガガガガツ！
黒い機銃弾が、青山機をかすめるようにすり抜けてゆく。
慣れているとはいえ、決して気持ちは良くないと青山は思う。
『フライング・フォートレス』と違って、零戦は防御が薄い。
機銃弾の二、三発でも喰らえば、一瞬にして零戦は木っ端微塵《こっぱみじん》である。
ズドドドドッ！
青木の部下が『フライング・フォートレス』の側面を攻撃している。
命中した二〇ミリ機関砲弾が星形のマークに吸い込まれ、破片が散る。
「まだか。まだ落ちないのか！」
青山が唸《うな》るように言う。
旋回し、再び青山は『フライング・フォートレス』の底部に潜り込む。
『フライング・フォートレス』を相手にするには根気が必要なのだ。
ズドドドドッ！
ズドドドドドッ！
グワワッ！

二〇ミリ機関砲弾が底部の銃座に叩き込まれ、銃座が沈黙した。

「よしっ！」

青山がスロットルを開ける。

一気に零戦の速度が上がった。

まるで体当たりでもするかのように、『フライング・フォートレス』に接近する。

「喰らえ！」

ズドドドドドッ！

ドドドドドドドッ！

渾身《こんしん》の思いを込めた青山が、二〇ミリ機関砲弾を一気に放つ。

青山の願いが通じたのか、命中した場所からわずかに炎が上がった。

炎は見る間に大きくなり、エンジンに向かって炎の川を作ってゆく。

そこに向かって、掩護の『ウォーホーク』を撃墜した部下が七・七ミリ機銃弾を撃ち込んだ。

炎に黒煙が混じった。

次の瞬間、『フライング・フォートレス』の機体の側面が裂けて主翼がねじ曲がるように下がった。

主翼のねじれでバランスを崩した『フライング・フォートレス』が、機首をガクリと下げて海面に向かった。

だが、青山隊が撃墜できたのはこの一機だけだった。

もう一機のエンジンの一つに被害を与えたが、撃墜までには至らなかったのだ。

しかも零戦隊は、銃弾も砲弾もほぼ使い切っていたのである。

しかし、エンジンに被害を受けた一機を含めた七機の『フライング・フォートレス』は、機首を家の方角に向けた。

おそらく青山隊からは、もうこれ以上の被害は受けないだろう。『フライング・フォートレス』の搭乗員たちもそう思っている。

しかし、掩護機のほとんどを失ったまま無理に爆撃に向かえば、次に待っているのは、戦力的に低いとはいえ、ガダルカナル基地の迎撃部隊だ。

彼らは無理はしなかった。アメリカ伝統と言えばそれまでだが、日本軍とはまったく違う思想で彼らは動いていたのである。

逃げ去る『フライング・フォートレス』爆撃部隊を、青山隊も追わない。

銃弾も少しはあったが、天候が怪しくなってきている。そして燃料の不安もあった。

それに、防御力を誇る『フライング・フォートレス』を、一機とはいえ撃墜した戦果もあった。

青山隊からの報告は、三川長官に快哉《かいさい》とまではいかないまでも久々の笑顔を与えた。

三川以上に素直に喜んだのは、参謀長の大西新蔵《しんぞう》少将である。

「これで、わずかでもガダルカナル航空基地の設営が早まるはずですからね」

「だが、油断はできんぞ、参謀長」

そうたしなめた三川だが、いつもほどの強さがなかったことが、何よりこのときの三川の心を表わしていたと言えよう。


『2』


連合国軍南西太平洋方面司令官ダグラス・マッカーサー陸軍大将は、苛立《いらだ》っていた。

これまでほとんど挫折というものを味わったことがなかったマッカーサーは、今度の戦いが始まって以来、自分がずっと煮え湯を飲まされ続けてきたような気がしている。

敵に対してだけではない。自己中心的な人物の典型とも言えるマッカーサーという男は、自分を陥れている無能な味方、特に海軍に対して、恨みさえ抱いていたのである。

始まりはフィリピンだった。

一九三七（昭和一二）年一二月、マッカーサーは陸軍を一度退役したが、四年後の一九四一（昭和一六）年七月には復帰し、アメリカ極東軍司令官としてフィリピンに赴任した。

フィリピンへの赴任はマッカーサーにとって初めてのことではなく、この地はまた彼にとって特別な場所でもあった。

一九二五（大正一四）年にアメリカ軍史上最年少で少将に昇進したマッカーサーは、得意の絶頂にいた。

だが、妻との関係はうまくいっておらず、結局、二年後に離婚する。

マッカーサーがフィリピン米軍事顧問団長としてフィリピンに赴任したのは、離婚から二年後のことであった。

フィリピンは、マッカーサーを温かく迎えてくれた。

当然その背後には、アメリカの後ろ盾《だて》が欲しいというフィリピン政府の思惑があったのだが、離婚から気鬱《きうつ》が続いていたマッカーサーにとって、その温かさは心地よく満足なものであった。

マッカーサーは当時のフィリピン大統領マニュエル・ケソンの依頼でフィリピン軍事顧問に就任したが、フィリピン政府はマッカーサーにフィリピン陸軍元帥の座まで用意してくれていた。まさに最大級の対応を示したのである

しかし、マッカーサーは、フィリピンにおいてこれ以上ないくらいの名誉を得たのである。

マッカーサーの得たものは名誉だけではない。

フィリピン政府と結託することで、マッカーサーはフィリピンに相当の資産を築き上げたのだ。

それは、フィリピンでなら残りの人生を最上級の優雅さで暮らしていくことが可能な額である。

いわばフィリピンは、マッカーサーにとって第二の故郷といった場所であり、パラダイスだった。

陸軍復帰後、マッカーサーがフィリピンに赴任したのは、当然と言えば当然すぎる行動と言えよう。

しかし、マッカーサーのパラダイス暮らしは長くは続かなかった。

太平洋戦争が勃発したからである。

日本軍がフィリピンに侵攻してくるのは目に見えており、マッカーサーは本国に増援を要請した。

特にフィリピン方面は海軍力が弱小であったため、海軍への要請は強かったのだが、マッカーサーの要請はついに受け入れられることはなかった。

状況からすれば、それは当然のことであろう。日本軍によるハワイ作戦で大きな被害を受けた米太平洋艦隊には、フィリピンに戦力を回すような余裕はなかったからだ。

結局、フィリピンは日本軍の進撃によって陥落し、マッカーサーはフィリピンから泣く泣く逃亡せざるを得なかった。

逃亡先のオーストラリアで、

「アイ・シャル・リターン」

必ず戻ってみせるとうそぶいて見せたが、マッカーサーの腹の中は屈辱で煮えくり返っていたのである。

マッカーサーは一刻も早い名誉回復とフィリピンの奪還を考えていたが、対日戦は太平洋、珊瑚海《さんごかい》などという海が表舞台だったため、主役は海軍で、マッカーサーの指揮する陸軍は脇役に過ぎなかった。

マッカーサーの心情からすれば、陸軍が脇役などというのは決して許されない状況だったものの、彼の野望を実現するには海軍の力は不可欠だったのである。

追いつめられたマッカーサーは、一つのアイデアを実行する。

太平洋艦隊司令長官チェスター・W・ニミッツ大将との直接会談が、それだ。会談で自分とニミッツの格の差を周囲に見せつけ、海軍から主役の座を奪い取ろうと考えたのである。

それは一見成功したように見えた。

ラバウル大空襲という作戦を陸軍主導で行なって大いなる戦果を上げ、マッカーサーは、陸軍が主役だと見せつけたのである。

ところが実際は、作戦自体の大きさに比べ、マッカーサーが喧伝《けんでん》したほど戦果自体はあがっていない。それは冷静に戦況を見抜くことができる者たちには明らかであり、マッカーサー自身が実はよくわかっていることだった。

もっとも、策謀家のマッカーサーらしく、いざとなったなら海軍に責任転嫁をするつもりではあったが。

「ふーっ」と、マッカーサーはパイプから吸い込んだ煙草の煙を吐いた。

ブリスベーンにある連合国軍南西太平洋方面司令部の司令長官室には西日が注ぎ込み、マッカーサーの吐き出した紫煙が上ってゆくのが見える。

電話が鳴った。

マッカーサーはパイプを離し、うんざりとした顔で、

「オーストラリア政府要人やオーストラリア軍首脳からだったら、私はいないよ」

と、事務官に言った。

この数週間、定期連絡と言うほど繁茂ではないが、戦争の先行きを案じたオーストラリア政府の要人や軍首脳が盛んに連絡してくる。

当初は例によって景気のいいことを並べ立てていたマッカーサーだったが、実際にはオーストラリアが喜んだり安心するような策などはないのだから、マッカーサーの言葉とは裏腹に事態は好転していないのだ。

オーストラリア政府や軍が、マッカーサーに対して疑念を抱き始めていたとしても不思議ではない。

オーストラリアにすれば、アメリカにかける期待が大きかっただけに、落胆と狼《ろう》

狽《ばい》はその分強く大きい。

フィリピンにおいてなら、マッカーサーは自分に文句を言ってくる者たちに対して高圧的な態度で押し込めただろうが、さすがにオーストラリアではその手は使えなかった。

日本によってアジアから放擲《ほうてき》された大英帝国に代わり、オーストラリアを守護する条件で、アメリカはオーストラリア領に多くの軍事基地を進出させており、相当なことがない限りオーストラリアがアメリカに向かって出て行けとは言わないだろうし、言えないだろう。だが、アメリカ＝オーストラリア両国の関係悪化は、ある意味では日本に漁夫の利を与えかねないのである。

日本とオーストラリアはこの時期までは悪い関係ではなく、オーストラリアの中には親日派と言われる者たちが何人もいた。

したがって、アメリカの対応如何ではオーストラリア政府が日本側に傾くことも、可能性として皆無ではなかったのである。

「……長官のご予定は不明ですので……はい。わかりました。連絡がつき次第、そちらに連絡をするようにいたしますので」

事務官が丁重に言って受話器を置いた。

「陸軍のグッドリッチ中将です」

事務官の言葉にマッカーサーが鷹揚《おうよう》にうなずいたとき、また電話が鳴った。

「ちっ」

マッカーサーは舌打ちすると、革張りの豪華な椅子から立ち上がった。

「おい、事務官。私は本当に外出する」

コツコツと靴音を響かせ、マッカーサーは長官執務室を出た。

仮住まいだが、豪華主義のマッカーサーは司令部の調度品をわざわざオーストラリアの有名家具メーカーに納入させており、オーストラリア軍のどの司令官の執務室よりもきらびやかだった。

司令部の玄関には、すでに黒塗りの公用車が横付けされていた。

気まぐれなマッカーサーは、突然の外出をよくする。

それはいいのだが、自分が玄関に到着するまでに車の準備ができていないと、マッカーサーはすこぶる気分を害したのだ。

「すべからく部下というものは、上官の意志が先読みできて当然である」

マッカーサーの口癖であった。

軍隊においてトップは、キング、王様で当たり前だったが、マッカーサーの場合、キングというより暴君と称したほうが正しいだろう。

護衛兵の開けた後部座席のドアから、マッカーサーは車に乗り込んだ。

行く先は、まだマッカーサー自身も決めていない。

沈黙が続く。

運転手は黙って前を見ているが、腹の中では今日の自分の不運を呪っていた。

「市内に」

マッカーサーが言ったのは、車に乗り込んでから三分後だった。

西に傾き始めた夕日のせいで、司令部の背後の空はわずかに赤く染まり始めている。

暴君を乗せた車が、朱色を浴びながらブリスベーン市内に向かってエンジン音を響かせていた。

角張った車体は、見ようによっては灼熱の地獄に向かう黒い棺桶《かんおけ》のようにも見えた。

『3』

　ドイツ東洋艦隊司令部のある建物の窓の外は、細かな白い雨で煙り、窓から見える中国山東省の青島《チンタオ》の街は、いっそうドイツの港街のように見える。ドイツ東洋艦隊の司令長官ハンス・ヘッケル中将は、そう思った。

　だがすぐに望郷の念を振り払ったヘッケル長官は、自分を期待と不安の入り交じった目で見ているドイツ東洋艦隊指揮官ゲオルグ・コルビッツ少将のほうに視線を戻した。

「総統閣下に申し上げてはみるし、できうる限りの後押しはしよう。しかしな、コルビッツ少将。あまり期待しないほうがいいのではないかと私は思うが……」

　ヘッケル長官が慰めるように言った。

　ドイツ東洋艦隊を日本艦隊の機動艦隊もしくは機動戦隊の麾下として機動戦や航空戦を学ばせ、来たるべくドイツ機動艦隊の主体としたいというコルビッツ少将の考えは、ヘッケル長官も同感であった。

　第二次世界大戦の開幕を告げたドイツ第三帝国が行なった電撃戦は、ドイツ軍自身も驚くほど素早く、そして順調に実行された。

その圧倒的な勝利によって、ヒトラーと彼の推進者はドイツ第三帝国のヨーロッパ占領が成功したと信じたのだ。

ヒトラーは、ドイツ海軍が建造していた空母の建造中止を命じた。戦いはすぐに終わるだろうから、必要がないと判断したのである。

ところがそれは早計だった。

イギリスのしぶとい抵抗とアメリカの参戦、そして対ソ連戦のつまずきによって、たちまちに雲行きが怪しくなってきたのである。

開戦当初、あれほど戦果を上げたUボートによる通商破壊作戦も、アメリカ海軍とイギリス海軍の思いがけぬ奮戦で効果が薄れていた。

なかでも、アメリカがイギリスに貸与した小型空母群と駆逐艦によるUボート殲《せん》滅《めつ》作戦は、見事なほどの成功を示していた。

ドイツ海軍は、自前の航空戦力を持っていない。ドイツの航空戦力は、空軍が独占していたからである。

それはとりもなおさず、空軍総司令官ヘルマン・ゲーリング国家元帥のものであることを意味していた。航空戦力が必要なときはゲーリングの許可が必要であり、しかも作戦は空軍指導にすり替えられるのが常だった。

しかし空軍の行なう作戦は、海軍側から見れば適切さに欠け、首を傾《かし》げる場合が多い。

作戦立案はもともと海軍のものである。それを空軍向きに造り直せば、うまく行かないのは当たり前であろう。

そんなことが続いたため、空軍の航空戦力の一部を海軍の指揮下に置いてはどうかという意見も少なからずあった。

海軍もそれを望んでいる。

ところが、自分の権力が削《そ》がれることを嫌ったゲーリングの抵抗によって、その案はいつも水泡に帰したのである。

しかし、海軍の航空戦力の必要性は、今の日本海軍とアメリカ海軍の戦いを見れば、誰の目にも明らかだった。

それが、ドイツ東洋艦隊司令長官の名で具申された「空母建造再開案」に結集し、ヒトラーもそれを許した。

同時にヒトラーは、ゲーリングに航空戦力の一部を海軍に移譲するように命じた。

建造が再開されることになった空母の搭載機としてである。

それを受け現在、ドイツ海軍から『大和』超武装艦隊に、四人の海軍パイロット（とは言っても、派遣時は飛行機が操縦できるという程度の男たちだった）が派遣されおり、先日は『大和』超武装艦隊の行なった作戦にも参加し、『大和』超武装艦隊司令長官竜胆啓太中将からも、抜群の習得スピードであるという報告を受けていた。

ならば、ドイツ東洋艦隊自身にも機動戦のイロハを学ばせようとするコルビッツ少将の考えは、ごく自然な流れである。

「魔下ではなく独立した艦隊としての参加も考えてみましたが、これまで見てきた日本海軍の作戦から推して、我がドイツ東洋艦隊程度の規模ではなし得ることはほとんど無いでしょう。日本海軍は我々に実のある仕事は回してくれないかもしれません。いや、それどころか最悪の場合、邪魔者の扱いを受けることさえ考えられます」

「……うん。残念だが私も後者の可能性のほうが高いと思う。だがな、総統閣下を納得させることはそれでもやはり難しいだろう……」

ヘッケルも肩を落とし気味に答えた。

ドイツ東洋艦隊は、艦隊という名を冠しているものの、実際は、旗艦重巡『アドミラル・ヒッパー』、軽巡『エムデン』、駆逐艦五隻、そしてUボート六隻で編制されたものに過ぎず、コルビッツが言う通り艦隊と言うにはあまりにもお粗末過ぎたからだ。

「とにかく私たちは、待つことと、総統閣下が正しい判断をされることを祈るしかないさ」

コルビッツはうなずくだけだった。

驚愕《きようがく》のカリスマにして偉大なる指導者、そして民族の救世主とまで崇《あが》め奉られるドイツ第三帝国総統アドルフ・ヒトラー。

コルビッツもそう信じてきたし、それを今でも疑っているわけではない。

ドイツ第三帝国のすさまじいまでの進撃と重ね上げてきた勝利は、いずれもヒトラーの優れた指導力と天才的なアイデアにほかならないと考えている。

しかし今、ほんのわずかだが、コルビッツの中にヒトラーに対する疑念が生まれつつあることを、まだコルビッツ自身も気づいていなかった。

ドイツからの返事は、ヘッケル長官が案じていたように「否」であった。

ところが不思議にも、ヘッケルの表情は明るかった。

「返事が早かったからさ」

コルビッツの疑問に、ヘッケルはそう答えた。

「総統閣下は忙しい方だ。だからこれまで地方からの具申などに対しての返事は相当に遅れるのが普通だし、下手をすれば無視されることさえある。ところが今回は違う。俺の経験からすれば異例の早さだ。これは、とりもなおさず総統閣下がこの問題に興味を示されているという証拠だよ」

「しかし、長官。答えは否でした。よしんば興味を示していたとしてもです」

「それは違うよ、少将。総統閣下がこの問題に何も興味を示していないとするなら、はじめから返事さえくれないだろう。それをあえて寄越されたということは、今の段階では確かに否かもしれないが、脈はあるということだ」

「そ、そうでしょうか……」

コルビッツが首を傾げる。

「そうだよ、少将」

「はあ……」

「待てよ」

「えっ？」

「一つアイデアが閃《ひらめ》いた」

「アイデア、ですか……」

「うん。できるかどうかはわからないが、やってみる価値はあるだろう」

「それはどのような？」

「それは……な」

ヘッケルの思いついたアイデアを聞きながら、コルビッツの表情に複雑な色が浮かんできた。

成功すれば確かにヒトラーが動く可能性がないではない。

しかしヘッケルのアイデアもまた、そう簡単にうまく運ぶとは思えなかったからである。

「やってみる価値はあると思うがね」

ヘッケルの言葉には意外と自信がある。

その顔を見ていると、コルビッツも、ひょっとしたらという気持ちが浮かんだ。

ヘッケルという人物はなかなかの社交家で、わずかな期間で日本軍人たちの知己《ちき》を得ていた。だからこそ、ヘッケルはアイデアを思いついたのだろうが……。

それに、駄目だとしても、現在以上に状況が悪くなるわけではないともコルビッツは思った。

「まあ、見ていたまえ」

ヘッケル長官は笑ってみせると、軽く胸を叩く仕草をした。

日本軍のほうからドイツ東洋艦隊を必要とさせればヒトラーの体面も立つ、というヘッケルのアイデアは、意外にも成功するのだが、それはもう少し後の話である。

『4』

『大和』超武装艦隊がトラック泊地を出たのは、一二月の一日であった。

「少しホッとしてますよ」

『大和』の艦橋で『大和』超武装艦隊参謀長仙石隆太郎大佐が、苦笑しながら言った。

「まったくだな」

同じように唇を少し歪《ゆが》めたような笑みを浮かべて答えのは、『大和』超武装艦隊司令長官竜胆啓太中将である。

「初めてここに入港したときは、奇異の目で見られたからな。見たこともないような異形《いぎょう》の軍艦ばかりの艦隊な上に、極秘扱いだ。正体を聞こうにも聞けないし、知っているのはここの司令官だけだった」

「まあ、今でも私たちのことを正確に知っている者はそう多くはないでしょうが、慣れでしょうかね。初めのころように、まるで化け物でも見るかのような者はいなくなりました……」

「俺たちはともかく、すまなかったのはうちの兵たちだよ。顔見知りに会った者もいたらしいじゃないか」

「聞いています。しかし、今でもそうですが、我が艦隊については箝口令《かんこうれい》が敷かれていますからね。喋るわけにはいかなくて閉口したという声も、結構ありました」

「まあ、もう少し我慢してもらうしかないな。我が隊も、いつまでも機密だ、秘密だなどと言っているわけにもいかない。やがては白日の下に出る必要がある。それまではな」

竜胆が申し訳なさそうに言う。

過酷な任務を部下たちが文句も言わずに果たすのは、竜胆のそういった部分が見えるからだろう。竜胆という男は、決して浪花節《なにわぶし》的な情に溺れる人間ではないが、人の悲しみや苦しみに対しては十分に理解するタイプだった。

四日後、『大和』超武装艦隊は、南太平洋エリス諸島の北西方三〇〇カイリにいた。完全にアメリカ軍の制海・制空権の中である。

「長官。爆撃部隊の準備が終わりました」

「よし、出撃!」

竜胆が凛《りん》と命じた。

攻撃目標は、エリス諸島内にあるヌクフェタウ島にアメリカ陸海軍が築いた基地であった。

竜胆の差し向けた爆撃部隊は、艦戦隊(天風四機、零戦一六機)、艦爆隊(九九式艦爆二四機)、艦攻隊(零式艦攻八機、九七式艦攻一六機——すべて爆装)の計六八機である。

むろん、天風と零式艦攻にとってこれは初陣であった。

爆撃部隊を率いるのは、艦攻隊の指揮官を兼ねる『大和』飛行隊長小西雅之《まさゆき》中佐である。

ヌクフェタウ島に築かれたアメリカ軍の基地は、陸軍が主力の基地で、島の中央には重爆撃機用の滑走路と、海軍と兼用する戦闘機用の滑走路があった。

基地の周囲には対空砲も備えられてはいたが、まさかここまで日本軍の攻撃が来ると考えている者はいなかったため十分とは言えない。

日本攻撃部隊を発見したのは、本国から到着したばかりの移動式レーダーだった。

もっとも、発見した当初アメリカ軍は、それが敵攻撃部隊であると判断したわけではない。

それが敵攻撃部隊だと判明したのは、レーダーの情報を受けた偵察機からの連絡だった。

陸軍の基地司令官は、偵察機からの連絡を受けるなり、基地戦闘機戦力のほぼ全部である八機のロッキードP38『ライトニング』と八機のベルP39『エアラコブラ』に迎撃を命じた。

零式艦攻とは別の形体だが、P38『ライトニング』も双胴双発機であり、はじめから迎撃機として開発された戦闘機である。

双胴双発のためもあって、他の戦闘機よりは大型で小回りや俊敏さには欠けていたが、高速（六五〇キロ）で、なおかつ高々度でも能力があまり落ちないという特色を持っていた。

武装も双胴を生かして二〇ミリ機関砲一門、一二・七ミリ機銃四挺と、この時期の戦闘機としてはなかなか強力である。

一方のベルP39『エアラコブラ』もまた、これまでの戦闘機とは違ったタイプの戦闘機だった。プロペラの軸に強力な三七ミリ機関砲を搭載しているのである。同じようなアイデアは他国にもあったが、どうしても構造が複雑になるために断念されていた。

優れた技術力でそれを克服したように見えたが、構造の複雑さから来る扱いにくさはやはり否めない。

編隊の指揮官は『ライトニング』に乗るジェンキンソン陸軍少佐で、彼はこの編制にやや不満を感じていた。

高々度の戦闘に自信を持つ『ライトニング』に比べると、『エアラコブラ』は高々度性能が悪いのだ。能力の違うものが行動する場合、能力の劣ったほうに合わせるのが常識である。戦いは『エアラコブラ』に合わせた低空で行なわなければならない。

「冗談じゃねえぜ」

愛機の操縦席で、ジェンキンソン少佐は何度目かの舌打ちをした。

しかし、駐屯からまださほどの期間が経っていないヌクフェタウ島の戦力から言えばしかたがない。そのことは、ジェンキンソン少佐にもわかっていた。

実は、日本軍でも類似した悩みが、最初のころに天風隊と零戦隊の間にあった。

ただし、天風隊と零戦隊の場合は、高度ではなく速度の悩みである。

天風と零戦の巡航速度は五〇キロ以上の差があり、常識で言えば天風が零戦に合わせることになるのだが、艦戦部隊と天風隊の指揮を兼務することになっていた『大和』航空隊分隊長市江田一樹《かずき》中尉の結論は違った。

「綾部《あやべ》。零戦隊はお前に任せる。天風を零戦に合わせていたのでは宝の持ち腐れだ」

市江田は、自分が内地で天風の操縦訓練をしている間に『大和』艦戦隊の隊長を務めた綾部中也《ちゅうや》中尉に言った
「命令かい」

いつもは冷静な男だが、このときの綾部の言葉にはわずかだが不満の色があった。

天風隊が先に行けば、おそらく敵全部を殲滅してしまい、零戦隊にまで敵機が回って来るとは思えなかったからである。手柄争いに汲々《きゅうきゅう》とするような性格ではないが、大空の侍としてはちょっと納得いかなかったのだろう。

「もちろん命令だ、綾部中尉。頼むぞ」

市江田も綾部の気持ちは十分にわかっているが、だからといって天風の能力を遊

ばせるわけにはいかない。やや強めに言った。

「……ちっ、やはりそう来たか」

綾部が薄く笑う。

「なら、しかたねえな。承知したよ」

吹っ切るように綾部が引いた。

「なあに、天風のすごさがわかれば、艦政本部でも天風の制式採用を認めるはずだ。そうなれば、お前にだって天風が回ってくる。それまでの辛抱だよ」

市江田の口調も少し変わり、慰めるような声になった。

操縦員としての腕こそやや自分のほうが上だが、戦士という部分でならば、綾部という男は自分に負けぬほどの力を持っている。そして、綾部が天風に乗りたがっていることもわかっていた。

「だといいが、うちの上の連中は、山本閣下などの数人を除けば、頭が固いからな」

「その不安もないではないが、そんな連中の頭を吹っ飛ばすように暴れてくるさ」

「まあ、結局そこに落ち着くわな。よし。健闘を祈るぞ、市江田隊長」

普段の冷静な男に戻った綾部が、敬礼をした。

「隊長。レーダーをご覧になりましたか」

天風隊第二小隊長新垣守《あらがきまもる》少尉の声が、市江田の飛行帽に内蔵された無線用スピーカーに流れてきた。

天風は世界最初の実用ジェット戦闘機というばかりではなく、これまでの日本海軍の航空機にはほとんど搭載されていない様々な装置を載せていた。

新垣の使った航空機搭載レーダーも、飛行帽の無線装置もそうである。

アメリカ軍やイギリス軍の一部の攻撃機に実験的に搭載が始まった航空用レーダだが、天風のそれは他国をはるかに凌駕《りょうが》する高性能であった。

また、攻撃機の操縦員同士や母艦との連絡に使う飛行機用無線はこれまでにも搭載はされていたが、性能が悪く、操縦員たちがそれを使うことはまれであった。いや、使いたくても実用に耐えないというのが実情だったのである。

しかし天風の飛行機用無線は違う。完全に実用的な能力を持っていた。

「一六機程度のようだな」

新垣の問いに、レーダーのブラウン管をチラリと見た市江田が言った。

「なんか気づいたのか」

「いや、そういうわけではありません」

新垣があわてて答えた。

「よし。作戦は控所で言った通りだ。天風のすごさを、骨の髄まで教えてやるぞ」

「了解です」

「皆も、いいな」

市江田が檄を飛ばすと、各機から威勢のいい返事が次々に届いた。

市江田は満足そうにうなずくと、敵機のいるはずの前方を鋭い視線で睨み付けた。


敵機が自分たちよりも上空にいることを知ったジェンキンソン少佐は、迷わずに操縦桿を引いて愛機P38『ライトニング』を急上昇させた。

部下たちがそれを追う。

P39『エアラコブラ』隊も同じだ。高々度の能力が落ちるからと言って、敵機をおめおめと見過ごすわけにはいかない。ジェンキンソン少佐が『エアラコブラ』をまるでお荷物のように見ていることを、『エアラコブラ』隊のパイロットたちも気づいており、ここで逡巡すれば後で何を言われるかわからないのだ。

「やつら、速いな」

と、気づいたジェンキンソンが目をこらす。

ラバウル基地攻撃に何度か参加しているジェンキンソンは、零戦の実力を知っている。

ところが、これまでに遭遇した零戦よりも、近づきつつある敵機は相当に速い。

「新型機か」

ジェンキンソンが口元を歪める。

もしそうなら苦戦は免《まぬが》れまい。

新型機であれば、零戦以上の能力を持っているはずだからだ。

開戦当初、アメリカ人パイロットのほとんどの者が、日本人が航空機を作ることさえ驚きだよと馬鹿にしていた。

なかには、日本がどこにあるかさえ知らない者さえいた。

だから日本が太平洋を渡ってきてパールハーバーを攻撃したということを、信じない者もいたくらいである。

しかし、零戦と初めて対戦したとき、ジェンキンソン少佐の中隊で生き残ったのはジェンキンソンと、一〇日前に戦死した戦友だけだった。

そういう事実がありながら、そしてジェンキンソンが話しているのにもかかわらず、アメリカ人パイロットたちの中には、負けた奴の腕が悪いのだという者が多かった。

しかし、ジェンキンソンは断言できる。そういう連中で腕のいい者などほとんどいないのだ。

一度大西洋方面でドイツ軍と五分に戦ったことがある、という鼻持ちならない男がいた。

その男はジェンキンソンに対決を申し込んできた。

乗り気ではなかった。どうせ勝つ。そして勝ったところでどうでもないし、負ければ馬鹿にされ続けるだけだからだ。

しかし、実際にやってみて笑ってしまった。

その男は、せいぜい中堅のパイロットたちより少し腕がいいくらいで、零戦の腕利きパイロットと対峙すれば数分ももたないぐらいの技量だったのだ。

ところがこの男は、ジェンキンソンが不正をしたと言いふらした。ジェンキンソンは、男の出撃の日に皆の前で言った。

「こいつが今夜帰ってきたら、俺は俺の不正を認めよう。しかしこいつが帰ってこなかったら、俺は俺を馬鹿にした奴らを一発ずつ殴る」

男は帰ってこなかった。

一緒に行った男が言った。

「一瞬だった。気づいたときにはゼロにやられていた。あいつは一発の機銃弾も撃たずに天国に行った」

ジェンキンソンを馬鹿にしていた奴らは、顔色を変えた。殴ってもいいという奴もいたが、ジェンキンソンは殴らなかった。その代わりに言った。

「ゼロを舐めるな。死にたくなかったらな」

だが、近ごろの零戦は、最強とは言い切れなくなってきている。ジェンキンソンは、そう思うようになっていた。

いや、一対一で戦えば、やはりまだ零戦のほうが強いかもしれない。

しかし、戦争はスポーツではない。一対一でやらなければならないルールなどない。

アメリカ人パイロットたちはチームプレーをするようになり、いくつかのアイデアを生みだして零戦に戦いを挑んだ。

零戦絶対の時代は終わった。

アメリカ軍機でも零戦にも勝てる時代になったのである。

「ジャップめ。新型機か」

ジェンキンソンはこういう男だったから、敵機に無謀に挑む気はなかった。いざとなったら逃げればいい。そこまで思っていた。

敵機の姿がはっきりと見えてくる。

思った通り、敵機は零戦ではない。

機体もジェンキンソンが見慣れている日本軍機とは相当に違っていた。

すさまじい爆音が、ジェンキンソンに悪寒を走らせる。

油断するなと、自分を戒《いまし》めた。

アメリカ軍機に比べると、日本軍機のエンジンは非力で、爆音もずっと小さい。

それがこれだけすさまじいということは、新型機のエンジンはこれまでと比べものにならないほど強力なのかもしれない。

その瞬間、日本軍機がわずかに上昇した。

「くそっ！　パワーがあるぜ！」

そのときジェンキンソンは、初めて日本軍の新型機にプロペラがないことに気づいた。

「ど、どういうことだ！」

アメリカ軍でもジェット機の開発は行なわれているが、さほど活発ではないし、それを知る者は航空関係者のわずかな人間たちに過ぎない。ジェンキンソンが混乱するのは無理もなかった。

そして、ジェンキンソンには混乱している余裕などすぐになくなったのである。

日本軍機が、上空で一気に自分の部隊を追い抜いた。

敵の狙いは明らかだ。追い抜いて反転し、自分たちの背後を狙おうというのだろう。

「そうはさせるか！」

ジェンキンソンの『ライトニング』がフルスロットルに開く。

ウゥィ――――――ン。

グウゥィ――――――――ン。

二基の一三二五馬力エンジンが唸り、ジェンキンソン機は急加速した。敵が反転している間に距離を稼ごうとしたのだ。

しかしジェンキンソンの願いは、虚《むな》しく散る。

日本軍機が、圧倒的なスピードとパワーで背後に迫ってきていたのだ。

背後をチラリと見て、ジェンキンソンははっきりとその戦闘機にプロペラがないことを再確認した。

ズドドドドドッ！

ズドドドドッ！

天風の機首に固定された強力な二基の二〇ミリ機関砲が、ジェンキンソン機を粉砕した。

グガァァンッ！

空中で炸裂したジェンキンソン機こそが、天風の初めての戦果であった。

天風を操《あやつ》るのはむろん市江田中尉である。

顔色一つ変えず市江田は愛機を滑らすと、次に哀れなベルＰ39『エアラコブラ』の編隊に狙いを定めた。

ガガガガガッ！

ガガガガガッ！

ズグワァァ────ン！

最後の『エアラコブラ』が海面に叩きつけられたのは、空中戦開始から一二分後であった。

ガガガガ────ン！

ガガガッガ――――――――ン！

零式艦攻の放つ五〇〇キロ爆弾が、格納庫の横に置かれていたボーイングB17『フライング・フォートレス』重爆撃機に的確に落とされる。

ブグワァ――――――ン！

主翼のちぎれ飛んだ『フライング・フォートレス』が、ガクンとへたり込む。

すぐに機体からブワッと紅蓮《ぐれん》の炎と黒煙が噴き上がり、炎上した。

三〇〇〇メートルの上空から急降下してきた九九式艦爆が、抵抗を続けるアメリカ陸軍高射砲座を二五〇キロ爆弾で殲滅した。

滑走路と宿舎など施設攻撃を受け持ったのは、爆撃部隊と艦攻隊の指揮を兼務する『大和』飛行隊長小西雅之中佐の率いる九七式艦攻隊だ。

三〇分にわたる日本軍爆撃部隊の攻撃によって、ヌクフェタウ基地は完全に壊滅した。

ヌクフェタウ島のアメリカ軍基地への攻撃成功を聞いた『大和』超武装艦隊司令長官竜胆啓太中将だが、会心の笑みを浮かべたわけではない。

なぜならば、『大和』超武装艦隊に与えられた、敵の制海・制空権のある南太平洋に進出し、そこに点在するアメリカ陸軍基地を叩き潰すというまさに過酷としか言いようのない作戦は、まだ始まったばかりだったからである。

『大和』の艦橋で、竜胆の横にいる仙石参謀長も思いは同じなのだろう、やはり晴れ晴れしいという顔ではなかった。

「攻撃部隊の帰還は？」

「あと二時間程度でしょう。天候さえもってくれたらですが」

竜胆の問いに答えながら、仙石が恨めしそうにどんよりした上空を見た。

時刻は午前の六時過ぎ。本来なら抜けるような南太平洋の青い空が天空を満たしている時間であった。

「攻撃部隊からは、天候については？」

「入っておりませんから、今のところはまだもっているのでしょう」

「まあ、これまでにも修羅場をくぐってきた連中だ。いらぬ心配だろうがな」

「そうですよ、長官」

「うん」

それでも完全には不安が拭《ぬぐ》いきれないのか、竜胆は攻撃部隊が戻って来るであろう方向の空を見上げた。

あと数日で、開戦から一年が経つ。

山本五十六連合艦隊長官は、資源がほとんど産出せず輸入も止められた日本が、十分に戦争を遂行できるのは、長くて二年と読んでいる。

山本の読みが正しければ、時間はあと一年だ。

陸軍などでは、占領した地域から得られる資源を利用すれば多少の長期戦も可能と読んでいるようだが、

「掘った石油をそのまま軍艦に詰め込んで航行できるのなら、陸軍の言うことにも一理あるだろう。だが、現実はそんなもんじゃない。輸送、精製、貯蔵など、石油を燃料にするにはそれなりのプロセスと時間が必要なのだ。そのことをあの連中は無視している」

と山本は喝破《かっぱ》しており、竜胆もまた同意見だった。

「その意味から言えば、今は出し惜しみをしている場合ではないのだ。超技研に資金を回して、『大和』や『天風』のような、あるいはこれらを凌《しの》ぐ新兵器をつぎ込んでアメリカを圧倒しなければならない」

「今度の作戦もその一端というわけですね。アメリカをとことん驚かせて、この戦争からアメリカの手を引かせる」

「そういうことだよ、参謀長」

竜胆が大きくうなずいた。

風が出てきたらしく、『大和』の揺れが少し大きくなった。

「日本艦隊が南太平洋に侵入して来ただと！」

ニュー・カレドニア島南端にあるアメリカ艦隊の母港ヌーメアには、アメリカ太平洋艦隊第17任務部隊旗艦空母『エセックス』が停泊している。その作戦室で報告を受けた、中将に昇進したばかりの第17任務部隊指揮官フランク・B・フレッチャーは、驚愕で口をあんぐりと開けた。

「奴ですよ、指揮官。あの巨大空母を旗艦とする艦隊に違いありません。増援部隊攻撃のために東太平洋にまで進出してきた奴らですからね」

唾を飛ばしながら興奮したように言ったのは、参謀長ウィリアム・G・マイヤーズ大佐である。

「ああ、俺もそう思う。しかし、東太平洋と南太平洋では状況がまるで違うぞ。東太平洋では発見される可能性は低いが、基地が点在する南太平洋となると見つかる可能性は数倍に上がる。そこにあえて飛び込んできたその艦隊の指揮官は、とんでもない阿呆《あほう》か、自信家の高慢ちき野郎だな」

　フレッチャーが憤怒《ふんぬ》の形相《ぎょうそう》で言った。

「……そうでしょうか」

「違うというのかね、参謀長！」

「これまでの経緯から見れば、敵の指揮官が阿呆ではないことは間違いないでしょう。だからといって、自信家の高慢ちきなタイプとも言い切れないと思いますね。もっとも、自信家ではあるかもしれませんが……」

「なぜだ？」

「阿呆でないのならば、ノコノコと南太平洋にやってくることがどんなに危険であるかを承知のはずです。しかし、単なる自信だけで、こんな危険を冒《おか》すとはとても思えません。綿密で冷静な計画と十分な準備があるからこそ、こんな途方もないことをやってのけたような気がしますね」

「……綿密で冷静な計画……そして十分な準備か……」

「ええ」

「となると、今から追撃は無駄かな」

「と思いますよ。今ごろはもう、こちらが捕捉しにくい海域にまで逃げてしまったでしょう。まあ、偵察機は飛ばしたほうがいいかもしれません。何もしなかったでは、ブリスベーンの大将がご立腹でしょうからね」

マイヤーズ参謀長が唇を歪めて見せた。

ニミッツ＝マッカーサー会談の結果、完全な服従と言うほど大げさではないが、現在の第17任務部隊は行動の大部分をマッカーサーに縛られている。

フレッチャーとしても、ニミッツからマッカーサーに協力をするようにと言われているし、この海域は陸軍の基地が点在しており、マッカーサーに恩を売っておいたほうが動きやすい。やや越権行為気味ではあったが、マッカーサーの要望を受け容れていた。

案の定、翌日、第17任務部隊の司令部に対し、マッカーサーから出撃の要請があった。

フレッチャーにすれば、マイヤーズの言葉もあったので無駄だとは思ったが、とりあえず攻撃を受けたヌクフェタウ島に向けて出撃した。

「間違いなくフレッチャーの第17任務部隊でしょうね」

索敵機から敵艦隊発見の報を受けた仙石参謀長が、複雑な顔で言った。

この日、『大和』超武装艦隊は、ニュー・ヘブリデス諸島のエスピリトゥ・サント島にあるアメリカ軍飛行場を攻撃する計画を立てていた。

この基地は、アメリカ軍にとっては、ガダルカナルやラバウルなど日本軍基地攻撃のための最前線基地であった。

日本軍からすれば、いわば目の上のたんこぶ的な存在だったのである。

さすがの『大和』超武装艦隊にも、基地すべての殲滅は難しいだろうが、滑走路に大きな被害を与えることは可能だ。アメリカ軍の空襲などで遅れているガダルカナル島基地設営の支援になると考えたのである。

しかし、第17任務部隊の発見によって、『大和』超武装艦隊はエスピリトゥ・サント島攻撃を即座に破棄した。

島嶼《とうしょ》の基地は逃げないし、基地航空部隊にもできる作戦だが、敵艦隊の遭遇は見逃がすことができない。

「爆装から、雷装へ」

竜胆の命令が、『大和』の艦橋に響いた。

艦攻から陸上攻撃のための爆弾があわただしく外され、『大和』の広い甲板に鋭い命令あるいは怒号、そして機材のふれあう音らが行き交い、艦船攻撃用の魚雷が装着されていった。

　むろん同じような情景が、中型空母『麟鶴《りんかく》』『飛鶴《ひかく》』の飛行甲板でも繰り広げられていた。

　雷装への変更に要した時間はおよそ三〇分。それは『大和』超武装艦隊司令部にとってはジリジリするような時間でもあった。

　もし兵装交換中に敵の攻撃を受けた場合、さすがの『大和』も手ひどい打撃を受ける可能性があったからだ。

　交換中のために飛行甲板は狭くなっており、発艦できる攻撃機の数は限られる。

　また、緊急作業であるため、交換を終えた爆弾が甲板にゴロゴロと転がっているのだ。

　そこに直撃弾を受ければ、爆弾の誘発ばかりでなく、攻撃機は炎上して爆発に至るだろう。

　攻撃部隊の出撃は、それからまた一五分後であった。

　すべての攻撃機を送り出した『大和』の艦橋に、疲れのため息がどっとあふれた。

「敵艦隊の位置からして、発見されたとしても十分に間に合うとは思っていましたが……ここはいわば、アメリカ軍が我が基地を狙うために通る銀座通りのようなものですから、アメリカ陸軍の航空部隊が通る可能性もありましたね」

仙石が額に浮いた汗を手拭いでふいた。

そのときのために、『大和』超武装艦隊の重巡、軽巡、駆逐艦が臨戦態勢に入っていたのは言うまでもない。

その安堵を見透かすように、一隻のアメリカ軍潜水艦が、『大和』超武装艦隊の艦船からはちょうど死角になる岩陰に身を潜めていた。

サーゴ級潜水艦『シードラゴン』がこの岩陰に浮上したのは、一五分ほど前である。

日本艦艇のエンジン音をソナーでとらえて接近してきたものの、突発的なエンジン故障のために浮上さえやっとの状態であった。

発見されれば、逃げることもできず撃沈されることは間違いない。

敵艦隊を目の前にしながら、『シードラゴン』はそれを味方に連絡することさえできなかった。無線を使えば即座に位置を発見されるからである。

『シードラゴン』艦長のピジョン大佐は、修理を急がせた。

一刻も早くここから逃げ出して、味方に敵艦隊発見の報を連絡したかったからだ。

「艦長。あれは噂になっている日本の艦隊のようですよ」

岩陰から双眼鏡で日本艦隊を確認してきた副官が言った。

「とにかくでかい空母です」

妙に感心したような副官の口ぶりが気に入らなかったのか、ピジョン艦長は露骨に眉をしかめ、整備兵に改めて修理を急ぐように命じた。


ヌーメアを出撃した第17任務部隊に緊張はなかった。敵艦隊はとうに逃げたと決めてかかっていたからである。

「提督。潜水艦より入電です。エスピリトゥ・サント島東方に敵艦隊有り、攻撃部隊が出撃したと推察される。以上です」

その報告に、旗艦空母『エセックス』の艦橋はまるで冷蔵庫のように冷え込んだ。とはいえ、その攻撃部隊がまさか自分のところに飛んでくるとはまったく考えていなかった。

誰もが、敵艦隊の狙いは二日前と同様に基地攻撃だと思ったのである。

「参謀長。我が艦隊との距離は！」

フレッチャーが聞いた。

「正確な位置がわかりませんので推測ですが、およそ二五〇マイル北西です」

「その方面に偵察機は！」

「うちは行かせていませんが、この報告はエスピリトゥ・サント島にも届いているはずですから、そちらから連絡があるでしょう」

普段は不敵な表情のマイヤーズ参謀長の顔も、さすがに青い。

敵艦隊は逃げた、という判断は完全にミスだったからだ。

「よし。位置がわかり次第、攻撃部隊を飛ばすぞ。準備しておいてくれ！」

フレッチャーが命じた。

しかし、次の報告は第17任務部隊を完全に地獄に突き落とした。

「提督。我が重巡の偵察機が敵航空攻撃部隊を発見しました。進撃方向は――」

そこで言葉が途切れ、続いて絞るような声が漏れた。

「わ、我が艦隊と推察せり」

「な、なんだと！　我が艦隊にだと！」

「推定到達時間は……一五分から二〇分」

「そ、そんなに早くか！」

あまりのショックのためか、フレッチャーがよろめいた。

「迎撃部隊出撃準備、急がせろ！」

ショックからすぐに立ち直れないフレッチャーに代わって命令を飛ばしたのは、マイヤーズ参謀長であった。

性格的には軟派風のマイヤーズだが、いざというときには不思議なほどに腹が据わったところを見せる男である。

グラマンF6F『ヘルキャット』一六機の迎撃部隊が母艦『エセックス』から飛び立ったとき、彼らは前方に『大和』超武装艦隊攻撃部隊の先駆けである天風隊を発見した。

間に合った。

『ヘルキャット』隊の指揮官はそう思った。

しかし、それは明らかな勘違いである。

世界最強を証明したばかりの天風隊が相手では、たとえ『ヘルキャット』隊が有利な待ち伏せをすることができたとしても、勝機を摑むのはほぼ不可能であったろう。

やはり結果は、無惨だった。

一六機の『ヘルキャット』は、天風隊によって瞬時にして粉砕されたのである。

迎撃部隊の壊滅は、やっとショックから立ち直ろうとしていたフレッチャーに、再びショックを与えた。

それでもさすがは任務部隊の指揮官である。二度目のショックには免疫があったのだろう。一度目ほど重傷ではなかった。

「参謀長。重巡と軽巡に空母を守らせろ。敵の狙いは空母のはずだ」

フレッチャーはかろうじて言うと、艦橋に歩み寄って西の空を睨んだ。


迎撃部隊を壊滅させた天風隊は、低空から『エセックス』に接近するなり対空砲座に機関砲弾と機銃弾を叩き込んだ。

ズドドドドッ！

ガガガガッ！

砲座に打撃を与えると、天風は『エセックス』の艦橋近くを抜けて急上昇していった。

「今のが先日、陸軍航空部隊から連絡のあったプロペラのない戦闘機、か……」

「間違いないでしょう。もともと情報が少なかったので、想像していたものとはずいぶん違っていましたがね」

「ジェット機だと思われます」

発言したのは航空参謀だ。

「ああ、聞いたことはある。確か陸軍のほうが乗り気でせっせと開発をしているんじゃなかったかな」

「参謀長のおっしゃる通りです。我が海軍でもまったく手をつけていないわけではありませんが、陸軍が力を入れています。ただし、陸軍でも結果が芳《かんば》しくなく、開発を中断しようという話もあるようですが……」

「くそっ。それをすでにジャップの野郎は実戦に投入してきやがったってわけだ」

マイヤーズ参謀長が吐き出すように言った。

「お偉方は、日本の軍事力なぞ大したことはない。我が合衆国の力をもってすれば屈服させるのに半年もあれば十分だと言っていやがったが、それがどうだ、あと少しで一年だぜ」

「しかし、参謀長。それは正々堂々と開戦した場合であって、ジャップたちは卑怯にも奇襲を仕掛けてきたんですよ。それによって受けた被害は、ハンディと考えていいのではありませんか」

マイヤーズを日頃から品がないと批判している作戦参謀が、アメリカを擁護した。

「よせやい、作戦参謀。戦争にきれい事が通用するわけねえだろ。奇襲で受けた被害をハンディなんぞと甘いことを言ってるから、ドンドン攻め込まれるんだ。お前さんの言ってることは、戦前、日本軍を舐めた阿呆なお偉方と一緒だよ。そういうのを繰り言、言い訳っていうんだよ」

マイヤーズも自分が作戦参謀から嫌われていることを知っているから、ズケズケと言って切り返した。

反論しようと口を開きかけた作戦参謀に、

「もういい、二人とも。今はそんなことを言い合っている場合じゃないだろ」

フレッチャーがたしなめるように言った。

「申し訳ありません」

作戦参謀は素直に詫びたが、マイヤーズは不満そうに顔を背《そむ》けた。

そんなマイヤーズを見て、フレッチャーは言い知れぬ不安を抱いた。

それはやがて、的中する。

「嬉しそうですね、艦長」

副官の言葉に、『大和』超武装艦隊麾下で『黒鮫《ブラックシャーク》』という異名のある『伊《い》九〇一号』潜水艦長橋元金伍《はしもときんご》大佐は、ニンマリと笑った。

「今回の作戦は陸上攻撃が主だから、こちとらの出番はないだろうと思っていたからな」

橋元が言った。

「アメリカ艦隊様様《さまさま》ですね」

これは機関長だ。

「そいつはこれからだよ。いい獲物にありついてからさ」

「『豪鬼《ごうき》』の準備完了でっせ。いつでもぶっ放せまさあ」

関西出身の水雷長が、胸を張った。

「よし。狙いは敵艦隊後方にいる空母だ。囮《おとり》魚雷一番、二番発射！」

「囮魚雷一番、二番発射！」

シュワァーーン。

シュワァァーーーーーン。

圧縮空気が囮魚雷を艦外に放つ。

数秒後、

「『豪鬼』、発射！」

橋元が凛とした声で、言った。

ヨークタウン級空母は、基準排水量一万九八〇〇トン、全長二四六・九〇メートルの中型空母である。

最高速力は三三ノット、航続距離は二〇ノットで八二〇〇マイル（およそ一万五〇〇〇キロ）だ。

搭載機数は八〇から九〇機とこのクラスの日本の空母に比べると多いほうだが、それは空母の問題ではなく、アメリカの艦載機の一部が中折れ式の主翼を持ち、スペースを省《はぶ》くことができたからである。

武装は逐次対空砲が強化されており、現在は一二・七センチ高角砲八基八門、四〇ミリ四連装機銃六基二四挺、四〇ミリ連装機銃八基一六挺、二〇ミリ連装機銃八基一六挺、二〇ミリ機銃五〇基であった。

第17任務部隊に配属されている『ヨークタウン』は、その一番艦でネームシップである。

ヨークタウン級空母には、二番艦『エンタープライズ』、三番艦『ホーネット』があったが、『ホーネット』はすでに撃沈されていてない。

「艦長。八時の方向に魚雷二基。距離一二〇〇」

「面舵！」

『ヨークタウン』艦長が命じる。声に余裕があるのは、間違いなく回避できると考えているからだ。

「艦長。一〇時の方向に新たな魚雷です。距離一〇〇〇！」

艦長の頭に、数字が超スピードで駆けめぐる。自艦の速度、敵艦との距離、敵魚雷の速度などだ。

艦長はそれらを即座に計算し、次に取り舵を命じた。

「大丈夫だろう」

艦長は計算の速さに自信を持っていた。

しかし、データに誤りがあればどんなに計算が速くても誤答である。

このとき艦長が誤ったデータとは、『豪鬼』の速力である。『黒鮫』の甲板に搭載され、そこから発射される超魚雷『豪鬼』の最高速力は、通常の日本の魚雷のおよそ一・五倍であった。

「艦長！　距離五〇〇です！」

「なに！」

艦長が血相を変えた。

「間違いじゃないのか！」

「間違いありません！」

「ば、馬鹿な。それでは避けきれんかもしれんぞ。衝撃に備え、体を固定しろ！」

ここでも艦長は誤解した。

超魚雷『豪鬼』は、わずか一基でヨークタウン級の軍艦を葬《ほうむ》り去るだけの威力を持っているのだ。衝撃に備えて体を固定するのは、相当の確率で無意味だった。

グバォォ――――――――ン！

想像を絶する命中音の後、体を固定していたはずの乗組員の多くが宙を飛び、床や壁、天井にと叩きつけられた。

頭を壁に激突させた艦長は唇も切っており、鮮血が床に飛び散る。

苦痛に顔を歪ませながら立ち上がったが、艦長はそこで息を飲んだ。

命中音と衝撃の大きさから、命中した魚雷が通常の日本海軍の魚雷の威力をはるかに上回るものだとは気づいていたが、そのわずか一発によって、わずかな時間で、『ヨークタウン』は左に傾いていたのである。

艦長は見ることはできなかったが、『豪鬼』の直撃を受けた『ヨークタウン』の左舷側は、艦底から甲板までに及ぶ巨大な穴が開き、そこから激しい勢いで海水が艦内に流れ込んでいたのだ。

「艦長。機関室が炎上しています！」

「消火班を！」

「無理だと言っています。すでに消火ができる状態ではないと……」

「このわずかな時間でか……」

艦長が言葉を失った。

しかし、状況は切迫していることに気づき、

「司令部に打電。総員退艦を許可されたし、だ」

そう言って、艦長は崩れるように床に倒れた。


「し、信じられん。たった一発の魚雷で『ヨークタウン』が撃沈されるなどと……」

『ヨークタウン』からの入電に、フレッチャー中将は自失の体《てい》で呻《うめ》いた。

「許可は出してよろしいですね」

マイヤーズ参謀長の問いに、フレッチャーはうなずいた。

『ヨークタウン』の艦長は決して弱気な男ではないし、むしろ慎重なタイプでもある。その男が駄目だと判断した以上、フレッチャーに止めることなどできるはずは

なかった。

低空で侵入してきた零式艦攻が、右の胴に吊していた魚雷を放った。

零式艦攻の左右の重心が少し移動し、操縦員の木幡《こわた》一飛曹は操縦桿を調整した。

続いて二発目の魚雷を放つと、身軽になった愛機を横に滑らせて離脱に移る。

もともとは九七式艦攻の操縦員だった木幡一飛曹は、零式艦攻に代わって少しとまどった。

同じ航空機ではあるが、艦攻と戦闘機にはやはりいろいろと違いがあるのだ。

その上、零式艦攻は、双胴のため先ほどのようにバランスを取ることが大切だった。

しかしいったん慣れてしまうと、扱いやすい零戦の血を引いているだけに、零式艦攻は木幡に馴染んでいった。

「やったぞ、木幡。一発命中！」

後部の偵察員席で、放った魚雷の結果を見つめていた西岡一飛曹が歓声を上げた。

左に目をやると、電信員が手を振った。彼もまた魚雷の行き先を見つめていたのだろう。

木幡も嬉しくはあったが、それに酔っている余裕はない。

身軽になったとはいえ、激しい集中砲火の中を逃げ出すのはそんなに簡単なことではないのだ。

いや、こういうときこそ油断が生まれると、木幡は自分に言い聞かせた。

木幡の気持ちを証明するように、やや上昇した零式艦攻の周囲に高射砲弾が炸裂する。

一発でも食らえばここが墓場になる。

木幡の緊張が伝わったのか、西岡偵察員も寡黙になった。

ヒュン！　ヒュン！　ヒュン！

敵艦の放つ機銃弾が機体をかすめてゆく。

スロットルを開く。

二基のエンジンが唸りを上げた。

ブァォーン！

左でまた高射砲弾だ。

爆発の風圧で機体が少し振られる。

唇が乾いている。舌で舐めた。

数分後、木幡機は上空五〇〇〇メートルにいた。

やっと、木幡にホッとした気持ちが広がった。

木幡機の横を九九式艦爆が急降下していく。

攻撃の主役が、艦攻から艦爆に移った瞬間だった。


第17任務部隊旗艦空母『エセックス』は二発の魚雷を受けていたが、共に浅傷《あさで》であったため航行に問題はなかった。

「提督。『ワスプ』が飛行甲板に直撃弾を受けた模様です」

「『ワスプ』もか……」

空母『ワスプ』は基準排水量一万四七〇〇トンとヨークタウン級を下回るが、艦影もヨークタウン級の小型艦という感じだった。

小型ながら搭載機数は八〇機とそこそこの数であったが、『ワスプ』にはヨークタウン級とは大きく違う点がもう一つあった。

艦体を小型化したことで、タービンの出力が低くなり、最高速力が二九・五ノットとわずかにだが三〇ノットを切ってしまったことである。

艦載機の大型化と高速機動での運用に移りつつある今、それが『ワスプ』のネックになっていた。

その速度がなおガタンと落ちたのは、三発目の的中弾が飛行甲板を裂いてタービンを直撃したからである。

艦砲戦が主体であった時代はともかく、航空戦が主体の現在において速力を失うことは、空母に限らず軍艦にとっては致命的であった。

九九式艦爆隊が、それをはっきりと証明した。

ドガガ――――――ン！

ズガガガ――――――――ンッ！

九九式艦爆の放つ二五〇キロ爆弾の集中爆撃を受けた『ワスプ』は、艦体のあちらこちらで火災を起こして炎と白煙を噴き上げた。

一つひとつの火災はまだ大きくなく、消火班が必死になって消火作業を続けている。

しかしそれも長くは続けられないだろうということが、誰の目にも明らかだった。

小さな火災は徐々に広がり、やがては一つの巨大な炎になろうとしている。

滅びは突然に起きた。

艦内を席巻しつつあった炎が、格納庫に回って爆弾を誘爆させたのだ。

ブバォオーーーン！

飛行甲板が裂け、火柱が天空を昇った。

黒煙が渦巻き、その中をアメリカ兵が絶叫しながら蠢いている。

この爆発によって炎を一つにまとめた『ワスプ』は、一瞬にして火だるまとなった。

「『ワスプ』が炎上しています！」

悲痛な報告が入る。

「くそっ！」

いくら床を足で叩いても、怒りと悲痛がフレッチャーの心を燃えた鉄棒でえぐる。

しかし、正直なことを言えばフレッチャーの座乗する『エセックス』も、決して余裕があったわけではなかった。


第17任務部隊が攻撃を受けていると、連合国軍南西太平洋方面司令官ダグラス・マッカーサー大将が知ったのは、『大和』超武装艦隊攻撃部隊の攻撃が始まった一〇分後だった。

マッカーサーは、即座に交戦付近の陸軍航空部隊に第17任務部隊の支援を命じた。

マッカーサーとしても、第17任務部隊を失うことは大きな打撃となるのである。

一番最初に動いたのは、皮肉にも『大和』超武装艦隊が空襲をする予定だったエスピリトゥ・サント島にあるアメリカ陸軍航空部隊だった。

司令官は、即座に三六機の戦闘機からなる迎撃部隊を編制した。

ところが出撃直前になって、エスピリトゥ・サントの基地司令部にとんでもない連絡が入ったのである。

偵察機が、第17任務部隊を攻撃していると思われる日本艦隊を発見したのだ。

司令部は困惑し、マッカーサーにどうすべきか打診した。

これにはマッカーサーも、迷った。

第17任務部隊は助けたいが、攻撃可能な場所に憎き日本艦隊がいるのだ。

それは、ほうっておくにはあまりにももったいないことであった。

迷ったあげく、マッカーサーは両面作戦を指示した。

援助部隊と攻撃部隊とである。

マッカーサーがそう決断したのは、エスピリトゥ・サントの基地以外に、二つの陸軍航空部隊が出撃したとの連絡が入ったためである。

「索敵機が敵攻撃部隊を発見しました」

報告に、竜胆長官は不敵な顔でうなずいた。

竜胆と『大和』超武装艦隊司令部は、アメリカ艦隊を攻撃すればアメリカ陸軍航空部隊の攻撃を受けるだろうと、十分に承知していた。

不安がないことはなかったが、大きくはない。

理由は簡単だ。現段階で、アメリカ陸軍航空部隊には有効な艦隊攻撃の戦力がないと判断したのである。

艦隊攻撃の要《かなめ》は、なんと言っても雷撃と急降下爆撃であり、この時期の陸軍航空部隊（日本陸軍も含めて）の行なう水平爆撃など、艦隊にはさほど脅威にならなかったのである。

水平爆撃が有効なのは、港などに係留されていて動かない軍艦（真珠湾奇襲作戦は好例）や、魚雷や艦爆の攻撃によって動きを制限されたときに限る。

爆撃部隊が危険を覚悟で低空からの水平爆撃を敢行すれば多少の効果はあるだろうが、アメリカ陸軍爆撃部隊は、ラバウルやガダルカナル基地攻撃のときがそうであるように、危険を避けるために高々度からの水平爆撃しか行なっておらず、命中率は相当に落ちるはずだった。

「迎撃部隊を出撃させますか」

腕時計を見ながら、仙石参謀長が冷静な顔で言った。

「そうしよう。ここは『麟鶴』と『飛鶴』両方の飛行隊に頑張ってもらおう」

竜胆がうなずきながら言って、迎撃部隊の出撃を命じた。

このとき迎撃部隊の指揮官を命じられたのは、中型空母『麟鶴』飛行隊分隊長松木道正《みちまさ》中尉である。

市江田中尉、綾部中尉という優れた艦戦隊指揮官を持つ『大和』超武装艦隊の艦戦隊だが、その二人に隠れてさほど目立たないこの松木も、なかなかの技量の持ち主であった。

性格が地味なことも、彼の存在を目立たせなかったのかもしれない。

とはいえ、手柄を立てたくないわけではない。松木にもそれなりの上昇志向はあった。

「力《りき》むなよ、みんな。力むと照準がずれちまうからな」

いつものごとく松木は穏やかな声で言う。

隊員たちは聞いているのか聞いていないのか、大きな反応はない。

松木を舐めているわけではないのだろうが、穏やかさが指揮官としての威厳を失わせているのかもしれない。

「返事をせんか！」

苛立ったように大声を上げたのは、『飛鶴』飛行隊分隊長でこの迎撃部隊の副隊長になった福原巧《たくみ》少尉であった。

福原と松木は同郷で、私生活でも仲がいい。

「松木中尉。上に立つ者は、もう少し迫力というか、乱暴なくらいでいいんじゃないですか」

と、酒を飲むたびに、福原は松木にハッパをかける。

「そんなものなんだろうな。わかった、やってみよう」

酒の席ではそう答える松木だが、その後も松木に大きな変化はなかった。

そんな松木に福原は苛立つ。苛立つのだが、松木を嫌ったり諦めたりはできない。

自分にはない松木のそういった部分に惹かれもしているからだ。

ハッパをかけておきながら、いかにも上官らしい松木というイメージを福原は持てなかった。

近ごろではそれでいいと思うようになっていたが、このときばかりはさすがに苛立って声を荒げてしまった。

「ありがとう、福原少尉。頼りなくてすまんな」

「松木中尉……」

「俺は、口ではでかいことが言えんタイプなんだよ。しかし、嘘は言わん。俺は必要なことを言っているだけだ。だから、忘れんでくれよ。もう一度、言う。力むなよ。一瞬の失敗が命を捨てることになる。俺たちは兵隊さんだ。死を恐れていては仕事にならんよな。だが、下らない失敗で命を捨てるのはよそうや。死ぬときは死ぬんだ。ならばこの命、役に立てようや」

普段は寡黙な松木が、珍しく長く喋った。

声は相変わらず穏やかで、言ってることも景気のいいことではない。それでも心に染みると、福原は思った。

「わかりました、隊長。命は惜しみません。ですが無駄にもしません」

福原の横にいた若い隊員が言った。

「自分もであります」

「自分も」

隊員たちが次々と声を上げた。

松木はそれにいちいちうなずいている。

（なんだよ、やればできるじゃねえか）

福原が腹で言った。

しかし、松木らしいと言えば松木らしい。

五分後、松木の率いる二四機の零戦が戦場を目指して飛翔した。


エスピリトゥ・サント島を出撃した攻撃部隊は、一六機のベルP39『エアラコブラ』に守られた一二機のボーイングB17『フライング・フォートレス』と、新たにこの方面に投入が始まった八機のノースアメリカンB25『ミッチェル』中型爆撃機であった。

双発の中型爆撃機である『ミッチェル』は、日本を震撼させたあの〈ドーリットル空襲〉に使用された優秀機である。

全幅二〇・六メートル、全長一六・一メートルの機体に、一二・七ミリ機銃を一二挺搭載しているなかなかの強力機だ。そして搭載可能な爆弾は一三六〇キロである。

攻撃部隊の指揮官は、『フライング・フォートレス』に乗るロッド・ウォーカー中佐であった。

酒好きの陽気な隊長さんと言われているが、意外に神経は細く、慎重さと小心さが時に入り交じるときがあった。

「中佐。陸軍の爆撃機では艦隊攻撃は難しいと言われているようですが、いけますかね」

軽い調子で聞いたのは、航法士のダニエル一飛曹である。

「正直に言ってしまえば、簡単だとは言えんだろうな。爆弾を止まってる目標に命中させるのもそう簡単じゃねえのに、軍艦ってやつはちょこまかと動くからな。ちょっと風が強けりゃ、その影響をもろに受けてしまう」

「やはりそうですか」

「ただ、幸いなことが一つある」

「えっ」

「これから叩きに行く空母が、これまでの常識からはみ出すほどでかいということだ。目標がでかいということは、命中させやすいってことじゃねえか」

「なるほど、そうなりますよね」

ダニエル一飛曹が感心したようにうなずく。

だが、それを聞きながら機長は首を傾げた。高度三〇〇〇メートルの上空からでは、一〇〇メートルの違いも大した差ではないような気がしたからである。どちらにしても、敵艦隊は点にしか見えないのだ。

ズガガガガッ！

ズドドドドッ！

『フライング・フォートレス』の腹に回って三〇ミリ機関砲を叩き込んだ福原少尉が「くそっ」と舌打ちした。

確かに命中しているのに、怪物『フライング・フォートレス』からは煙さえ出ないのである。

それどころか、敵の機銃攻撃を避けるために福原は愛機零戦を『フライング・フォートレス』から遠ざけるしかなかった。

「護衛の戦闘機隊は俺がやる。爆撃機は頼みたいが、いいかな」

出撃前に松木が言った言葉である。

福原に否があるはずはなかった。

「隊長は松木中尉ですよ」

福原が言うと、

「わかってるよ」

松木が恥ずかしそうに笑った。

頼りないと言えば言える。だが、正直と言えばこれ以上、正直な男はいないと、福原は思った。

いったん上昇させた愛機を、福原は再び降下させた。

眼下では、部下の零戦が『フライング・フォートレス』を攻撃しているのが見えた。

「あっ!」

福原が声を出したのは、部下の機が主翼に直撃弾を喰らったからである。

しかも衝撃は次の瞬間だった。

主翼をもがれた部下が、必死の操縦で『フライング・フォートレス』のエンジンの一つに体当たりしたのである。

グワァン!

零戦が爆発し、エンジンを吹き飛ばされた『フライング・フォートレス』がバランスを崩してふらついている。

「見てな。おまえの命、俺が預かったぜ」

福原は吼えるように言うと、急降下しながらバランスを崩している『フライング・フォートレス』のエンジン付近に三〇ミリ機関砲弾を叩き込んだ。

ズドドドドッ！

さしも頑丈な『フライング・フォートレス』も、エンジンの爆発と三〇ミリ機関砲弾の直撃に音《ね》を上げて主翼を折った。

主翼を奪われたB17『フライング・フォートレス』は、錐もみを始めると太平洋に落下していった。

松木、福原の必死の迎撃にもかかわらず数機のアメリカ軍爆撃機を逃がしたのは、銃砲弾を使い切ってしまったからであった。

さしもの零戦隊も、弾切れにはいかんせん勝てない。

松木からの連絡に、竜胆は迎撃部隊第二陣の準備を始めたが、途中でやめた。

第二陣の出撃とアメリカ軍爆撃部隊の到着が、ほぼ同時刻と予測されたからだ。

むろん、自艦隊の対空砲火の自信もその決断の裏にある。

三〇〇〇メートルの上空からアメリカ軍爆撃部隊の水平爆撃が始まった。

ザザ――――――ン！

ザザザザ――――――――ン！

海面に落下したアメリカ軍の爆弾が、次々と水柱を作ってゆく。

ズガガガッ！

ドガガガガガガッ！

ダダダダッ！

バリバリバリッ！

それに応えるように、『大和』超武装艦隊の対空砲火が始まった。

攻撃の中心は、もちろん異形の重巡『八幡《やはた》』と『初穂《はつほ》』である。

ほぼ楕円《だえん》という信じられない艦体を持つ『八幡』と『初穂』だが、その分、搭載している対空砲火がすさまじい。

ズガガガ――――――ン！

高射砲弾を直撃されたB25『ミッチェル』が、機体を真っ二つに折って吹き飛んだ。

二機めの被害は、機銃攻撃の集中である。

高々度なことに加え、頑丈な機体にあぐらをかいていたアメリカ軍爆撃部隊はあわてた。

三機めにB17『フライング・フォートレス』が撃墜されるのを見て、ウォーカー中佐は部隊に撤退を命じた。

被害が増えるだけではなく、自分たちの攻撃がほとんど効果を上げていないことも撤退の理由だった。

「この艦隊は化け物だ！」

ウォーカー中佐が吐き出すように言って、唇を噛んだ。

だが、この化け物から完全に逃げるのが至難の業《わざ》であることを、この後ウォーカー中佐は知る。

アメリカ軍爆撃部隊の撤退を見定めた竜胆長官が、迎撃部隊第二陣に追撃を命じたからだ。

この結果、エスピリトゥ・サントを出撃したアメリカ陸軍攻撃部隊は、一四機のベルP39『エアラコブラ』、三機のボーイングB17『フライング・フォートレス』、そして五機のノースアメリカンB25『ミッチェル』中型爆撃機を喪失したのであった。

被害の大きさに、マッカーサーは烈火のごとく怒ったという。

マッカーサーを怒らせたことはまだある。

第17任務部隊支援のために陸軍航空部隊が第17任務部隊上空に到達したときには、日本攻撃部隊はすでに帰還したあとで、眼下にあるのは大きな被害に喘《あえ》ぐ第17任務部隊だけであった。

第17任務部隊麾下の三隻の空母のうち、『ヨークタウン』と『ワスプ』が撃沈。旗艦空母『エセックス』は、撃沈は逃がれたものの中破の被害を受け、修理をしなければ使い物にならない状態であった。

これは、第17任務部隊が機動部隊としての意義を失ったことを意味していた。

報告を受けたアメリカ太平洋艦隊司令長官チェスター・W・ニミッツ大将は、上を見て「オー・マイ・ゴッド」と嘆息した。

レイモンド・A・スプルーアンス少将が率いる第18任務部隊をパールハーバー基地に呼び戻して、新たな増援戦力を加えた。そんな第三の機動部隊を誕生させ、反攻作戦を練っている最中であった。

しかし、第17任務部隊の壊滅は、ニミッツの作戦を根底から打ち砕いてしまった。

しかもマッカーサーは、第17任務部隊に代わる艦隊を寄こせと言ってきているのだ。

「ふざけるなよ、マッカーサー。我が海軍は陸軍の小間使いではないんだぞ！　そんなに欲しければ土下座して頼むがいい！　だが私はそれでもOKはしないだろう」

ニミッツがこれほど激怒し、汚い言葉を使うのは珍しいことだった。

「私はここに来るべきではなかったのかもしれない……」

つぶやいて、ニミッツはこれ以上ないくらいの深いため息をついた。

『5』

ヘリコプターの歴史を語るとき、まず最初に出てくる名前は天才レオナルド・ダヴィンチであろう。

彼の残した膨大なスケッチの中にある『ヘリックス』と呼ばれる飛行具を、ヘリコプターの原型だという者も多い。

しかし、ダヴィンチが実際に『ヘリックス』を作って飛ばしたのかどうかは、不明である。

回転翼によって飛翔する飛行具の模型を作り、実験が始まるまでには、ダヴィンチの時代から約三〇〇年の時を必要とした。

むろんこの間にもいろいろあったのかもしれないが、飛躍的な発展はなかったようである。

「ロシアの科学の父」と呼ばれるミハイル・ロモノーソフ、フランス人学者ローノイ、「航空学の父」と称されるイギリスの科学者ジョージ・ケーレイ卿らが、ヘリコプターの歴史に名乗り出てきた冒険者たちである。

そして、かの「発明の父」トーマス・エジソンもその一人だった。

しかし、エジソンは綿密な計算の元、実用的なヘリコプター（当時はまだそう呼ばれてはいないが）は不可能だと結論して、研究開発を放棄した。

彼ほどの男が放棄しただけに、当時としては本当に不可能と考えられていたのだろう。

結局、ヘリコプターの開発は飛行機に負ける。

人が乗って飛翔する飛行具のヘリコプターが初飛行に成功したのは、ライト兄弟の飛行機発明から遅れること四年の一九〇七（明治四〇）年九月のことである。

フランス人ルイ・ブレゲーの造った『ジャイロプレーン1号機』がそれだ。

しかしこの機体は操縦性も悪く、不安定で、一応浮いて見せた程度と評価されている。

二カ月後の一一月、同じくフランス人のポール・コルニュが作り上げた機体は、高度二メートル、滞空はわずかに二〇秒間であった。

コルニュの機体も決して完成品とは言い難いが、こちらをヘリコプターの初飛行とするのが普通である。

ヘリコプター開発は、その後様々な人々によって行なわれ、準ヘリコプターと言っていいオートジャイロが実用化されているが、これは多くの場合一人乗りで、スピードも遅く滞空時間も短いため、補助飛行具の域を出ていない。

日本軍でも、陸軍がアメリカから『ケレットK—3オートジャイロ』を、海軍がイギリス製の『シェルバ』を輸入しているが、そこから新たに発展させようという機運はなかった。

それに取り組んだのは、例によって海軍超技術開発局の局員であった。

航空開発部発動機課に籍を置く玉本三朗《たまもとさぶろう》技術大尉である。

玉本が取り組んだヘリコプターはほぼ実用の段階に入っており、試作機も局内では合格点を与えられていた。

しかし、そこで止まっている。例によって資金不足がその理由であった。

超技局からヘリコプター開発の予算要求は何度かなされているのだが、海軍省も艦政本部も黙殺だった。

玉本は冷静だ。

もともと超技局は、海軍はぐれ技術者集団の巣窟である。仕事を頼まれても無視することがあったし、玉本のヘリコプターのように頼まれもしないのに勝手に開発することもあった。

超技局は宝の山だ。

海軍省や艦政本部は気づきもしないが、実に有効な兵器や装置や機械などが、ヘリコプターのように埋もれていたのである。

だから、超技局の作品が日の目を見ると、人々は圧倒される。『大和』のように。

「あとひと息なんですけどね」

超技局の裏庭の隅にある格納庫兼製作場で、『白鷲《はくしゅう》』と仮称される試作機を見ながら、玉本の部下の伊藤技術中尉が悔しそうに言った。

玉本の右腕として『白鷲』の開発に邁進してきた男である。

気がいい男で、独身の玉本の女房役というところであった。

「ここで埋もれるはずはないと思っているよ。俺やおまえの努力は無駄にならんとな」

　玉本が慰めるように言った。

（ただ、本当は急ぎたい……少なくとも今の戦いで『白鷺』の力を示したい）

　というのが玉本の本音である。

「天風方式でいこうじゃねえか」

　その声に二人が振り返る。

　立っていたのは、航空開発部長笹木《ささき》光晴《みつはる》海軍技術少将だった。

「艦船（艦船開発部）の源《みなもと》少将とも話したんだが、どう考えても『白鷺』は惜しいからな。天風のように海軍の許可を受けないまま『大和』に送っちまおうと思うんだが、玉本、それはどうだ？」

　玉本の目に光が差した。

「も、もちろんそうすれば、『白鷺』がいかに優れているかが、天下にわかってもらえると思います」

「だよな」

「で、ですが……天風だけでも問題があるという話をお聞きしているんです、このうえ『白鷺』までとなると……大丈夫ですかねえ」

「ああ、下手をすれば、俺たちだけでなく連合艦隊司令長官の首だって飛びかねん。何しろ最終決定は山本閣下次第だからな」

玉本の顔色が変わった。

人に知られるのは嬉しいが、まだ研究は続けたいのである。

「ど、どうすれば」

「かまわねえよ。どうせ俺たち開発研究所（現開発局）の創設メンバーは、一度は海軍から首を切られた人間ばかりだ。それを惜しいと山本閣下に拾われて、今がある。海軍から出るのはそれなりに無念だし、未練もないわけじゃあねえが、やりたいことができなかったり、国にとって絶対に必要なものを認めねえ海軍ならいてもしょうがねえよ。覚悟ははなっからできてる。その代わり、簡単には首を切らせてくれるなよ。『白鷺』のすごさを見せつけてやるんだぜ」

笹木にそこまで言われれば、玉本ももう引くわけに行かないと腹を決めた。

「しょ、承知しました。ご期待に背《そむ》くことは絶対にありません」

「よし。しかし、その試作機じゃあ駄目だろ。違うか」

「それは……」

玉本の顔がとたんに曇る。

そうなのだ。能力的にはこの試作機でも十分なのだが、人に見せたり、これをそのまま使用するのには少し問題があった。

何しろゴミとなっていたものを拾ってきてそれを使ったりしているのだから、見栄えという点では実に情けない代物《しろもの》である。

「少しだが、予算をぶんどってきてやった。ただし『白鷺』用じゃねえがな。で、どのくらいかかる？　『大和』に積み込むタイミングもあるし、兵器開発部でもちょっと面白いものを開発しててな。うまくやると『白鷺』に利用できるかもしれねえと思ってるんだ。それとのかねあいもあるかもしれねえが、できるなら一カ月、それが俺の希望だ。どうだ？」

笹木が二人を見る。

「寝ずにやりますよ。なあ、伊藤中尉」

「もちろんです。笹木部長、お任せください」

伊藤が目をギラギラと輝かせて言った。

笹木がニヤリと笑う。

もともと笹木という男は、人を驚かせたり喜ばせたりするのが好きなタイプなのだ。

だから、ヘリコプターを見て仰天する人間を想像して、もう笑い出しそうであった。

第二章　ミッドウエーの地獄

『1』


「これまでに類をみない海戦か……」

連合艦隊司令長官山本五十六大将は、口に出して言ってみた。

何かピンと来なかった。

今、山本が画策している作戦は、確かに未曾有《みぞう》のものであった。おそらくは日本の将来を決めかねないものだという予感もしている。

だが、それでもなお山本の胸の底に正体が見えないしこりのようなものが沈殿していた。

もちろん、ここに至ればもう後戻りはできない。進むしかないことを山本は知っている。

「ミッドウエー……か」

小さく言って山本が目を閉じたとき、デスクの上の電話が鳴った。

相手は軍令部総長永野修身《おさみ》大将だった。

「なるほど……それは総長にお任せします。ただし、今度の作戦は総力戦を覚悟しておりますから、私自身も身を投げ出すつもりでおります。ええ、ですから後任については総長の腹でお考えになっていただいて結構だと思います。はい。では、そういうことで」

山本が電話を置いたのは、連合艦隊旗艦戦艦『長門』の長官室である。

次なる作戦では、この『長門』も戦陣に加わることになっていた。

基準排水量三万九一二〇トン、全長二二四・九四メートル、全幅三四・五九メートル、最大速力は二五・三ノットあり、航続距離は一六ノットで一万六〇〇〇カイリ（およそ一万九六〇〇キロ）である。

主砲の連装四一センチ砲（四基八門）は、竣工当時では世界最大であった。

連合艦隊の旗艦として〈真珠湾奇襲作戦〉に参加後は呉の柱島《はしらじま》泊地に係留され、山本と共にほとんどの月日をここで過ごしていた。

「『長門』よ、お前もひょっとすると今度の任務が最後のお勤めになるかもしれんな……」

言ってから山本は不吉な感じを受けたのだろう、首を振って、

「だからといって、お前が無用というわけじゃないんだぞ。ただ、戦艦の時代は終わり、お前は主役を交代する。そういうことさ……」

山本は言って、苦笑を浮かべたのであった。

『2』

「ブル」ことウィリアム・F・ハルゼー中将が率いる第16任務部隊には、二隻のインディペンデンス級軽空母の『カウペンス』と『モントレー』、サンガモン級護衛空母の『サンガモン』と『スワニー』の他、重巡、軽巡各一隻、そして四隻の駆逐艦が増援されて戦力を大きく整えていた。

また、レイモンド・A・スプルーアンス少将麾下《きか》の第18任務部隊には、旗艦としてエセックス級空母の『ホーネットⅡ』とインディペンデンス級軽空母の『ベロー・ウッド』、それに重巡三隻、軽巡二隻、駆逐艦八隻が加わり、これまで補助部隊だっ

た同任務部隊は機動部隊にと代わった。

これに加え、南太平洋にあるフランク・B・フレッチャー中将の第17任務部隊が揃えば、ニミッツの狙っていた対日反攻作戦は相当に進むはずだった。

しかし第17任務部隊が壊滅した現在、それは夢模様である。

「私が南太平洋にですか……?」

フレッチャーに代わって南太平に向かうように命ぜられたスプルーアンス少将は、端正な顔にわずかな不満の色を見せた。

「不満なのはわかっているよ。あちらに行けば、君の嫌いなマッカーサーにへつらう必要があるんだからね」

同情するようにニミッツが言った。

太平洋艦隊司令長官のニミッツにすれば、マッカーサーにこれ以上協力するのはごめん被りたい。だが、二度に渡る日本艦隊の南太平洋における攻撃は、日本軍が合衆国とオーストラリアを分断させるための大作戦の前哨戦であると、マッカーサーは考えた。

そのために一刻も早く海軍戦力を南太平洋に派遣せよと、マッカーサーがうるさかったのである。

その考えを否定できる根拠もないだけに、ニミッツは結局、戦力を南太平洋に送る決意をした。

それが、スプルーアンス少将の第18任務部隊だったのだ。

スプルーアンス少将も、マッカーサーを快《こころよ》く思っていない。そのことを知っているだけに、先ほどのニミッツの言葉になったのだが、スプルーアンスはニッミツに反論した。

「お言葉ですが、私はマッカーサー大将に対してへつらうつもりはありません。それをするくらいなら海軍をやめますよ」

スプルーアンスがキッパリと言った。

「これは言葉が滑ったようだ。もちろん君が本気でマッカーサーにへつらうと思っているわけじゃない。逆にへつらうと見せながら、自分の主張を通すように算段するよ、君ならな」

「それはへつらいとは違いますよ、長官」

「ああ、わかっている。しかし、本国の首脳がマッカーサーとの協力態勢を堅持している以上、マッカーサーを無視できないのも事実だよ。そして、その仕事はハルゼーには無理だ。違うかね？」

「……確かにそれは駄目でしょうね。ハルゼー提督はまっすぐな人ですから、マッカーサーとあっという間に決裂するでしょう」

「一〇〇パーセントそうなるね。下手をすればハルゼーが海軍をやめると言いかねないよ。だからマッカーサーと付き合って行くには、フレッチャーのようにあの男に追従するか、君のようにマッカーサーと五分で策を競うことができる人物でなければならないんだ。わかってもらえないかね」

「策士が必要ということですか」

「そう言っては身もふたもないのだが……」

「条件があります」

「聞けることならば」

「努力はしてみます。ハルゼー提督のように癇癪玉《かんしやくだま》を破裂させないようにです。しかし、私にも限界はあります。それをご承知いただけるのなら」

「……いいだろう。そのときは私もこのハワイを去るよ。君にできないのなら、他の誰にもできないからね」

「わかりました。しかしそのときは長官、私もお供することになると思います」

スプルーアンス少将が言って、薄く自嘲的《じちようてき》な笑みを浮かべた。

「ところで、スプルーアンス少将。マッカーサーは今回の日本艦隊の行動を、合衆国とオーストラリアを分断させる大作戦の前哨戦と考えているようだが、君の考えは？」

ニミッツが聞いた。

スプルーアンス少将はすぐには答えず、自分の考えをまとめるように目を細め、やがて言った。

「否定はできません。本格的な作戦の前に南太平洋の戦力を削《そ》げるだけ削いでおこうと考えることは、筋が通っています」

「だが、違う場合もある？」

「正直に申し上げて、情報が不足です。しかし、見えない部分を類推することはできるかもしれません。あくまで憶測であって、信憑性《しんぴょうせい》は低いのですが……」

「それでもかまわない。聞かせてもらおう」

「わかりました」

スプルーアンス少将が再び目を細める。考えるときの癖らしい。

「ご承知のように、かの艦隊は奇策を常としてきた艦隊です。しかし、マッカーサー大将の考えも、筋の通った考えです。そこが気になります」

「やはり裏があると……もっと別の狙いがあるというんだね。たとえば、南太平洋に目を引き寄せておいて別の作戦を行なう、というような」

「可能性は、否定できません。しかし、決めつけるにはやはり材料が足らないのです。もし別の場所を狙うのだとしても、そこがどこかを判断するには太平洋は広すぎます。彼らが狙う可能性のある場所を、一つや二つに絞るには至りません」

「やはり、情報か……」

「ロシュフォート少佐には何か入っていないのですか」

スプルーアンス少将が言ったのは、パールハーバー無線監視局通信局の情報参謀で、暗号解読の専門家であるジョセフ・J・ロシュフォート少佐のことである。

日本海軍の実施した〈MO作戦（ポート・モレスビー攻略作戦）〉を、完全にではないが見抜いた切れ者であった。

「なくはないらしいのだが、前回の暗号解読が十分ではなく、それによって受けた我が軍の被害について責任を感じているらしくてね。現状、正確に解けない状態では話したがらないんだよ」

ニミッツが困ったとばかりに、肩をすくめて見せた。

「それは、ロシュフォートの考え違いです。むろん暗号を完全に解読できるのならそれにこしたことはありませんが、日本軍だって馬鹿ではないのですから、こちらに筒抜けになるような暗号は使わないでしょう。ならば、断片でもかまいません。情報が専門である彼にはその断片からだけでは真実に近づけないかもしれませんが、私たち戦闘の専門家が見れば、違った判断ができる可能性もあるのですからね。彼はもっと自分の持っている情報を開示すべきです」

「……その点は賛成だが、逆の場合もあるんだ。せっかく暗号解読によって得た情報を無駄と切り捨てる戦闘の専門家もいて、ロシュフォート少佐は少し意固地になっているところもあるんだ」

スプルーアンス少将が、誰であるか思い当たって苦笑した。

「どなたか、わかりますよ。しかし、長官。彼の参謀長であるマイルス・ブローニング大佐は目が見える男です。確かに前回の珊瑚海の一件はロシュフォート少佐には苦い後味を残したかもしれませんが、また失敗するとは言えません。おそらく、ブローニング参謀長がよいアドバイスをしていると思いますよ」

「そう思うかね……」

「ともあれ、お確かめになったほうがいいかもしれませんね。ロシュフォート少佐も、そして『ブル』のほうも……」

「わかった」

ニミッツがうなずいた。

実はこのときロシュフォート少佐は、次に日本海軍が企《くわだ》てている作戦の真実にかなり肉薄していたのである。

しかし、確証がないためにそれを発表すべきかどうか悩んでいたのだ。

もしロシュフォート少佐がもう少し早くその情報を開示していたら、あの未曾有の海戦はもっと違う形で行なわれたかもしれない。


『大和』超武装艦隊による三度めのアメリカ陸軍航空基地への攻撃は、一二月中旬であった。

サモア諸島のウオリス島にあるアメリカ陸海軍基地への爆撃である。

この爆撃の主役は艦攻隊で、なかでも零式艦攻であった。

さすがの『大和』超武装艦隊も、長期にわたる作戦のため航空燃料が不足しており、艦爆での攻撃を省略して艦攻隊に絞ったのである。

天風も出撃を見合わせていた。ジェット燃料もかなり減っており、いざという時のために残しておくべきだという判断がなされたからである。

二〇分近い攻撃で、『大和』超武装艦隊攻撃部隊はウオリス島の基地に手痛い打撃を与え、帰還した。

「さて、ここいらが潮時《しおどき》だな」

空母に着艦する攻撃部隊を見ながら、『大和』超武装艦隊司令長官竜胆啓太中将が言った。

「アメリカ軍は私たちの作戦をどう見ますかね？　こちらの狙い通りに考えてくれたでしょうか」

目に当てていた双眼鏡をおろしながら、仙石隆太郎参謀長が少し不安げに言った。

「それは俺にもわからないよ、参謀長。ただ、どう判断しようと南太平洋は少し静かになるだろうな。そうなれば、あまり順調とは言えないガダルカナル航空基地の設営も楽になるだろう。最低、その効果はあったと俺は思っているよ」

「そうですよね」

「ともあれ本作戦はもう始まっているんだ。山本閣下をして未曾有の海戦になるかもしれないという過酷な作戦がな」

「そちらにも参加したかったですな。我が『大和』超武装艦隊の雄姿を、アメ公どもに堂々と見せてやったら気持ちよかったでしょう」

悔しそうに言ったのは、『大和』艦長柊竜一大佐である。豪放な性格で、大和魂ここにありといったタイプの男だから、本心なのだろう。

「すまんな、柊艦長。お前を『大和』に引っ張ってきたのは俺だからな」

仙石が言う。

「あ、そういう意味じゃないよ、参謀長。俺はこの『大和』の艦長になったことを誇りに思っているさ。だから別の艦で戦うつもりはない。あくまで『大和』あっての柊竜一さ。誤解をさせたのなら、こちらこそ、すまん。本当にすまん」

柊艦長が無骨に詫びた。

「ははっ。それならいいんだがな」

仙石が笑った。

「長官。全機、着艦を終了しました」

「よし、ひとまず帰ろう」

竜胆が皆の疲れを癒《いや》すように、大きな声で言った。

『3』

ハワイ諸島から北西九五〇カイリ（およそ一八〇〇キロ）の位置にあるミッドウエー島は、環礁といくつかの島々の集合だが、一般的には大きめの二つの島、サンド島とイースタン島をさしている。

太平洋を横断する航空機の給油地として使われているが、アメリカ陸海軍の軍事施設と飛行場もあった。

さほどの軍事施設が置かれていたわけではないが、日本との関係が悪化するにつれ、アメリカ軍はミッドウエー島の軍備を増強した。

アメリカ太平洋艦隊司令部のあるハワイから見れば喉元の位置と言ってよく、基地の生命線に関わる拠点でもあったことから、陸軍よりも海軍が増強作業に積極的であった。

このミッドウエー島を占領して、アメリカ太平洋艦隊に強大な脅威を与えようと考えた連合艦隊司令長官山本五十六大将は、壮大な作戦を立案した。

陸海軍を併せた参加将兵およそ一〇万人

参加艦艇一九〇隻余（補給艦、特殊艦含む）
参加航空機一〇〇〇機（攻撃機以外も含む）

という前代未聞と言っていいほどの、規模と戦力を投入しての作戦だったのである。

主力部隊、第一機動部隊、攻略部隊などで編制された作戦部隊の進撃時には、部隊の先頭から最後尾まで最大一〇キロに及ぶことさえあり、その規模の大きさを表わしていた。

後尾を進む主力部隊には、連合艦隊旗艦戦艦『長門』に座乗する山本五十六長官がおり、本作戦に込める山本の意気と闘志を全兵に示していた。

また、この〈ミッドウエー攻略作戦〉には、北太平洋にあってアメリカ軍の拠点の一つであるアリューシャン列島を攻略する作戦が付随しており、そのための別働隊が編制されてミッドウエー部隊とは違うルートで進軍中であった。

濃密な霧が連合艦隊旗艦戦艦『長門』の行方を阻《はば》むように流れていた。

「まだアメリカ軍は気づいていない様子ですね」

『長門』の艦橋で、山本の横にいた連合艦隊参謀長の宇垣纏《うがきまとめ》中将が、例によって表情も変えずに言った。

「どうだろう……アメリカ軍の情報部は優秀だからね。時折りこちらの暗号が漏れているのではないかと思うことがある」

「そう心配なさって、先日、暗号のキーを変えたばかりではありませんか。いくらアメリカ軍の情報部が優秀でも無理でしょう」

「……だといいがな」

山本がこれほど心配するのには、根拠がある。

アメリカ駐在武官時、山本はアメリカの情報部について調査したのだが、その結果わかったのは、アメリカの情報部と日本の情報部は関わる人間の数だけでも一〇〇倍以上の差があるということだった。

差は人間の数だけではない。たとえば暗号解読を例にとっても、日本では考えられないような情報機器を開発して使用しているのである。

帰国後、山本はそれを問題視して、海軍省と軍令部に情報部の充実と情報をもっと科学的に分析する器械の開発を進言したが、依然として改善されていなかった。

元来日本人は、情報収集だとか諜報などを卑怯な行為と考えて潔《いさぎよ》しとせず、それを嫌う傾向さえあった。それが日本の情報組織、情報網、情報解析機器などの発展を妨《さまた》げているのである。

だから山本のような人間は少数であった。

しかし、情報が戦《いくさ》の趨勢《すうせい》を大きく左右することは、古今の戦史をひもとけば誰にも理解できることで、近代戦ではますます情報の持つ力は重要性を増している。

(それがわからない奴らが多すぎる)と、山本は思っていた。

それゆえに、『大和』超武装艦隊の存在は貴重だとも思う。

『大和』超武装艦隊の各艦艇は、確かに様々な能力において既存の艦艇を凌駕《りょうが》している。

だが、それらの能力の中でも、電波警戒機・電波探信儀(レーダー)、水中聴音機・水中探信儀(ソナー)など、情報を得る機器の優秀さこそが、『大和』超武装艦隊をして最強の艦隊と呼ばしめる要因なのだ。

だから山本は、初めから今回の作戦部隊に『大和』超武装艦隊を加えることは考えていなかった。

スプルーアンス少将がいみじくも読んでいたごとく、『大和』超武装艦隊は表舞台を邁進する艦隊ではなく、その能力を生かした「奇の艦隊」であり、「裏の艦隊」とも呼ぶべき存在だからである。

山本が『大和』超武装艦隊に南太平洋の作戦を命じたのも、まさに南太平洋での作戦が「奇策」だったからであった。

「それでは、現在わかっていることをご報告します。ただし、それは断片的なものですから、それらの一つひとつがどう結びつくのかはよくわかっていません。

また、こちらの暗号解読に気づいたのかどうかは不明ですが、近頃の日本海軍は短期間でキーとなる要素を変更したようです。そのために、私たちが行なった解読が実はまったく違う意味であることも否定できないのです。

私が長官へのご報告を渋ったのは、少なくともその問題の解決のめどをつけてからと考えたからです。しかし長官はそれでも良いということですので、あえて報告をするつもりになりました。そのことをご承知おきください」

情報参謀ジョセフ・J・ロシュフォート少佐が、自信のなさを抑えるようにして言った。

「その点は、先日も話した通り気にしなくていい。それ以上に、私たちは情報が欲しいのだ」

ニミッツの言葉で、ロシュフォート大佐が話し出した。

「日本海軍が、何か大きな作戦を画策していることは間違いないと思います。期日についてはまだよくわかりませんが、場所はいくつか予想しています」

「ほ、本当かね！　そこまでわかっていて、なぜ報告に来なかったのだ！」

「先ほど申し上げた通り、自信がありません。そして今度また失敗すれば、おそらく長官たちは私たちの暗号解読を無視されるでしょう」

「馬鹿を言うな、ロシュフォート大佐。話したではないか。私は、暗号解読が一〇〇パーセント正しいとは限らないことは考慮に入れてあると。さあ、言ってくれ、日本はどこを狙っているんだ！」

「ミッドウエーとアリューシャン、もしくはその両方です」

「ミッドウエーとアリューシャン……？」

「ただ、そうである可能性は……」

「そうならば、スプルーアンス少将の考えが浮上する。例の南太平洋を暴れ回った艦隊は、ミッドウエーやアリューシャンを攻撃するための陽動策……我が合衆国海軍の目を南太平洋に引き寄せるための……ロシュフォート大佐。引き続き解読作業を続けてくれたまえ。わかったことがあったら、深夜だろうと早朝だろうと遠慮はいらない。叩き起こしてくれ」

「承知しました、長官」

ロシュフォート大佐が部屋を出て行った後も、ニミッツの目は地図に吸い付いたままだった。

「……南太平洋に海軍はいらない……」

ニミッツの目に、冷たい炎が燃えていた。


深夜、旗艦空母『ホーネットⅡ』の部屋で眠っていた第18任務部隊指揮官レイモンド・A・スプルーアンス少将は、激しいノックで睡眠を破られた。

素早く起きあがると、ドアを開けた。

「ハワイから緊急電です」

「ハワイから？」

「ミッドウエーに急がれたし。ジャップはそこに来る。ニミッツ。以上であります」

「……ミッドウエーか……あり得るな。十分にあり得る」

一瞬にして眠気が吹っ飛んだスプルーアンス少将は、着替えるなり艦橋に飛び込んで転針を命じると、幕僚たちを会議室に集めた。

指揮官のただならぬ様子に、集まった幕僚たちの緊張が高まった。

「本部隊はミッドウエーに向かっている」

スプルーアンス提督の言葉に、数人の幕僚たちが「えっ」という声を出した。

「ジャップがミッドウエーを狙っていると、ハワイはそう言ってきた」

「ミッドウエーを、ですか……」

新しく着任したばかりの作戦参謀が、思わずという感じで言った。

スプルーアンスの視線が、スッという感じで作戦参謀の顔を流れ、作戦参謀がその視線の冷たさにゴクリと唾を飲んだ。咎《とが》められたのだと感じたのである。

作戦参謀の怯《ひる》んだ様子を、参謀長トレバー・キーン大佐は苦笑混じりの顔で見た。

確かにこういうときのスプルーアンスという人物の視線や言葉は、背筋が寒くなるほど冷たいと感じることがある。

しかしそれは、スプルーアンスの心が凍っているということではない。ましてや、相手を咎めたり威嚇《いかく》したり、凍らせようとしているものでもないのだ。

逆なのである。スプルーアンスの表情に表われる冷たさは、彼自身の心が燃えているという証拠なのだ。

キーン参謀長も最初のころはそれを知らずにいたため、冷たい瞳にあってずいぶんと緊張したものである。

それがそうではないと気づいたとき、キーン参謀長は遠慮気味にではあったが、直したほうが良くはないかと言ってみたことがあった。

このままでは誤解されることが多く、損をするばかりだと考えたからである。

キーンの言葉に、スプルーアンスは少し考えてから、

「直そうとしたことはあるんだよ、ティーンエィジャーのときにね。周囲から今の君のように言われたこともあるし、人並みに女の子を好きになったりしたことだってあるからね。しかし、そうなるとそればかりが気になって、集中力が削がれてトンチンカンな真似ばかりしたんだ。で、諦めたよ。誤解されるならそれもしかたないし、少し付き合ってもらえればわかってもらえるはずだとね。君の場合もそうじゃなかったかな」

「ええ、それは確かにそうなのですが……」

「それでいいよ。だって、自分を偽《いつわ》るのは私の性格には合わないんだよ」

そう言ってそのときに見せたスプルーアンスの笑みを、キーンは今でも忘れていない。

まるで少年のような恥じらいと初々《ういうい》しさを、その笑みの中にキーンは見たのだ。

そして、今は別の意味でも、スプルーアンスは変わる必要がないと思っていた。

なぜなら、冷たさと熱が同時にスプルーアンスの脳で交錯するとき、彼の思考は余人をはるかに超えるスピードで回転していることを知ったからである。

「しかし、提督。そうなるとマッカーサー大将はかんかんでしょうね」

「かまわないよ、参謀長。私は海軍軍人であって、陸軍の、マッカーサーの小間使いではないんだからな。怒るのなら勝手に怒らせておけばいい。それに、君がいるじゃないか」

「やれやれ、あのわがまま親父に言い訳をするのは、また私ですか」

「君も知っての通り、私はそういうことは苦手だし、上手でもない。それとも、キーン参謀長。もうその手の面倒な事はやってもらえないのかな」

「確かに面倒ですね。とくにあのマッカーサーという親父は、おだてれば図に乗るし、くさせば陸軍の名誉をけなしたなどと、難癖をつけてくるんですから」

「それがわかっているんなら、頼めるだろ」

スプルーアンスが珍しく弱気な表情を作った。

「冗談だろ。冗談だよな、参謀長」

「冗談ですよ、提督。マッカーサーのことはお任せください」

キーンが言うと、スプルーアンスがあからさまに安堵の顔になった。

それを見てキーンが苦笑し、場が和《なご》んだ。スプルーアンス提督も十分に人間的側面を持っていると、誰もが気づいたのである。

即座にスプルーアンスは、やられたと思った。

キーンは、緊張が過ぎた状況を壊すために、わざと自分に逆らって見せたのだろう。

だから、スプルーアンスのやられたという気持ちは決して不愉快なものではなかった。

ミッドウエーまで、三日の距離だった。

「ブル」ことウィリアム・F・ハルゼー中将麾下の第16任務部隊が、ハワイのパールハーバー基地を出撃したのは、闇が白み始めた未明であった。

太平洋艦隊の司令部でニミッツから受けた「ミッドウエーへ」という命令は、正直に言ってハルゼー提督には納得し難いものだった。

ハルゼーは、次の戦場が南太平洋になると考えていたのだ。

「本当にミッドウエーだと、長官はお考えなのですか」

ハルゼーは反論した。

「ブローニング参謀長。君の意見はどうかね？」

ニミッツが、ハルゼーの後ろにいる第16任務部隊参謀長マイルス・ブローニング大佐に聞いた。

ハルゼーが鼻を鳴らす。この点については、参謀長も同意見だと信じていたからだ。

しかし、ブローニングの口から出た言葉は、ハルゼーには意外な内容だった。

「私は当初、日本軍の狙いは南太平洋だと思っていました。日本軍がガダルカナル島に設営している基地は、南太平洋に点在する陸軍航空部隊の爆撃で遅れているようでしたし、例の巨大空母を擁する艦隊の攻撃は、日本軍が南太平洋で次に行なう作戦の前哨戦ではないかと……しかし、ミッドウエーの名を聞いたとき、こちらのほうが可能性は高いような気がしました」

「マイルス。本気なのか」

「情報部の解読を頭から信じることはできませんが、可能性で言えば南太平洋よりミッドウエーだと思いますよ、提督」

ハルゼーがやれやれという顔になった。ハルゼーはブローニングの戦に対する先見性やカンを十分に信頼していたからである。

「考えてみれば、ミッドウエーはパールハーバー基地にとっては急所です。もしあそこが占領されたら、パールハーバー基地は安眠することができませんからね」

　群青色の空の下を進む第16任務部隊の艦橋で、ブローニング大佐が言った。

「しかし、参謀長。ハワイに拠点を持つ合衆国ならともかく、ミッドウエーと日本本土の間には数千マイルもあるんだぞ。占領ができたとしても、維持をするのはそう簡単だと思えないがな」

「その点では私もそう思っています。しかしヤマモトは、そう長くミッドウエーを占領するつもりはないのかもしれません」

「それは？」

「合衆国と日本を比べた場合、その国力の差は歴然です。となれば、長期戦になればなるほど日本には不利になって行くはずです。だからヤマモトの狙いは、短期間で合衆国に手痛い打撃を与え、日本に有利な形で講和に持って行こうとしているのではないかと思います」

「そうか。ミッドウエーが落ちた。それだけで合衆国の国民の受けるショックは相当に大きいからな。奴の狙いはそれなんだな」

「おそらくそうでしょう。同時に、増強しつつある太平洋艦隊の戦力もここで大きく削ごう、そんな狙いもあると思います」

「ちっ、そううまくはゆかせるもんか。幸いミッドウエーには、パールハーバーの前線基地的な意味で航空戦力の増強が進んでいる。言い換えれば、ミッドウエー基地自体が動かない空母というわけだ。スプルーアンスとも数日で合流できるはずだし、そうなれば滅多なことではひけをとらんさ」

ハルゼーが胸を張った。

しかし、もしこのときハルゼーが、ミッドウエーに押し寄せる日本部隊の艦艇の総数がなんと一九〇隻余と知っていたら、同じ言葉が出るとはとても思えなかった。

『4』

〈ミッドウエー作戦〉のために閑散としている海軍横須賀軍港に『大和』超武装艦隊が投錨《とうびょう》したのは、ミッドウエー作戦部隊がミッドウエーにあと二日に迫ったときであった。

乗組員には二日の特別休暇が与えられ、兵たちは横須賀の街に散っていった。

竜胆司令長官はその日、仙石参謀長の他数人の幕僚を連れて海軍超技術開発局（超技局）を訪問することになっていたが、『大和』改装の中心人物である艦船開発部長源由起夫《ゆきお》海軍技術少将から、竜胆と仙石の二人の訪問は特別なものなので、お迎えに上がるから飛行甲板で待ってほしい、という奇妙な連絡を受けていた。

気づいたのは仙石だった。

「長官。あれを！」

仙石の指さす先を見て、竜胆が首を傾《かし》げた。

『大和』の艦首の方向から、実に奇妙なものが飛んできたからである。

「オートジャイロでしょうか」

陸軍のそれを何度か見たことのある仙石が言った。

「みたいだが、あれは一人乗りだからもっと小さくなかったかな」

竜胆がオートジャイロを見たのは一度きりだったから自信はないが、機体もずいぶん違うと思った。

バラバラバラッ。

箱のような機体の上に、巨大な回転翼が猛スピードで回転している。その回転翼が機体を浮かせていることは二人にもわかった。

箱からは鉄骨で造った尾が伸びていて、その先端では小型のプロペラが、これは垂直に回転していた。

機体が迫ってくると、回転翼が造る激しい風が吹き付け、二人は目をしかめた。

やがてそれは着陸し、回転翼の回転がだんだんと納まって風も弱くなった。

箱形の機体のドアが開き、作業服の男が出てきた。

男は竜胆と仙石のほうに走ってくると、敬礼をした。

「超技局航空開発部発動機課課員玉本三朗技術大尉であります。源少将の命により、お迎えに参上しました」

「あ、ああ。私が竜胆、こっちは仙石参謀長だ」

「はい、承知しております。では、どうぞ」

「ど、どうぞって、玉本大尉。あれでゆくのかい」

仙石が玉本の乗ってきた機体を示しながら言った。

「仮称でありますが、私たちは『白鷲《はくしゆう》』と呼んでおります。ヘリコプターです」

「ヘリコプター……?」

超技局がとんでもないものを造ることに慣れている竜胆さえもが、白鷲を不思議そうに見た。

バラバラバラバラッ。

乗り込んではみたものの搭乗席はかなりの騒音で、操縦席の後ろにいる竜胆と仙石には、操縦席で白鷺の説明する玉本の声は切れ切れだ。

後で聞き直したところによると、白鷺は哨戒、攻撃、運送、救助などを目的として開発されたものであり、白鷺を白鷺たらしめているのは、航空機でありながら滑走路がいらないことであった。回転翼分の広さがあれば、白鷺はどこでも離着陸が可能だったのである。

また、空中で停止するという、飛行機には絶対に真似ができない芸当を白鷺はすることができた。

「動くクレーンですな、まさに」

仙石はそれを聞いて、妙な感心をして見せた。

最高速力は一六五キロ、航続距離はまだ短く三〇〇キロ前後だった。

そして、白鷺の特色はもう一つあった。

機体底部に装着して発射するロケット弾である。

この時期、各国でも航空機搭載のロケット弾は少しずつ登場しており、白鷺搭載のロケット弾を戦闘機に搭載する計画も進んでいた。

のちに四式ロケット弾と呼ばれるこのロケット弾は、航続距離が四キロで炸薬量は二五〇キロ爆弾とほぼ同等だったが、その最高速度は音速に近く、命中すれば二五〇キロ爆弾をはるかに凌《しの》ぐ威力を持っていた。

動く敵に対してはまだ命中率に問題を抱えていたが、陸上基地攻撃や、動きを止めた艦船には相当なる破壊力を与えることができた。

白鷺を降りた竜胆と仙石は応接室に通されたが、部下の幕僚たちはまだ到着していなかった。

すぐに源艦船開発部長と笹木航空開発部長が応接室に入ってきた。

「白鷺に対するご意見を伺いたいのですが……」

笹木が不安そうに聞いた。

「比較するものがありませんので、それはなんともまだ」

竜胆が複雑な表情で言った。

「実はあれを『大和』に搭載していただくわけにいかないでしょうか。天風のようにです」

笹木が不安な顔のまま言った。

白鷺について山本に相談した笹木は、山本から、「天風はともかく、俺にはそのヘリコプターがどんなもので、どう役に立つのかわからんから、竜胆自身にそれを見せて評価を聞いてくれ」と言われていたのである。

「私はかまわないと思いますが、若い連中の意見も聞いてみないと……それでいいですかね」

「もちろんです。ただし、今の白鷺は完成品ではありません。玉本が説明したと思いますが、攻撃力となるロケット弾の搭載装置はまだ工事中ですし、基幹部分でももう少しいじりたいと開発者の玉本は言っております。従って、搭載するのは次の機会になるでしょうが、搭載してやろうというお言葉をいただければ、開発陣の励みになろうかとご無理をお願いした次第です」

笹木が丁重に言って、頭を下げた。

超技局は、研究者や開発者としてはいわばはぐれ者の集団だが、理解ある相手に対して食いつくような野良犬ではなかった。

「それじゃあこっちの話を進めるよ、笹木部長」

それまで黙っていた源が口を開いた。

「竜胆長官もご存じでしょうが、大和型戦艦は三隻の建造が予定され、『大和』は戦闘空母にと改装されましたが、二番艦の『武蔵』は戦艦として二カ月先に竣工します。実に無駄遣いとしか言えないのですが、艦政本部の頭の固い連中も近ごろやっと空母の重要性に気づいたと見え、三番艦は空母に改装しようという話が出ているのです」

なぜか怒った様子で、源が一気に喋った。

「何か問題が?」

竜胆が不審げに聞いた。

「私は、三番艦は大和型空母に改装すべきだと主張しましたが、予算がないから三番艦はこれまでの通常空母として改装すると、艦政本部では言っているのです。私に言わせれば、それのほうが無駄遣いです。『大和』の活躍がないならともかく、私は『大和』こそが現時点で世界最強の空母だと自負しています」

「源少将のおっしゃる通りですな。私も三番艦は大和型空母にすべきだと思います」

竜胆が断言した。

「ありがとうございます。竜胆長官ならそうおっしゃっていただけると信じていました」

「当然すぎることですよ」

「しかし、私ははぐれ者ですからな。艦政本部に評判が悪い。特に、今の超技局長との軋轢《あつれき》がいろいろと本部に曲がって伝わっておるようで、片腹痛くもあり、もう少し考えるべきだったかと、はぐれ者なりに反省しています」

「今の超技局長は春茂《はるも》康三《こうぞう》海軍中将でしたね」

「はい」

「確かに、私の海兵の同期ですが……」

「苦肉の策です。もっとも嫌いなやり方です。しかし、大和型空母はどうしても必要です。皇国のためには……そのためならば、私の意地やプライドなどどぶに捨ててもかまいません」

竜胆には、源技術少将の苦しい胸の内がひしひしと伝わってきた。

プライドを守るためには海軍辞職もやむなしと突っぱねた男が、今、頭を下げると言っている。

源は技官ではあるが、その体には間違いなく日本海軍軍人の血が流れていると、竜胆は感動した。

「わかりました、少将。私にどれほどのことができるか保証の限りではありませんが、あなたの心中は痛いほどわかりました。私の知っている春茂は、共に皇国を憂《うれ》いた者です。会ってみましょう」

「よろしくお願いします」

　まさに、源が頭を下げた。

「無茶だよ、竜胆。すでに三番艦の件は決定事項だし、超技研の俺が言い出せるものでもない」

　局長室に乗り込んできて、三番艦は大和型空母にと主張した竜胆に、春茂超技局長は眉をしかめて言った。

「我が『大和』が世界最強であることは、お前、認めるな」

「……いろいろ聞いてはいる。しかしお前の艦隊自体、正体が表沙汰になっていない存在だ。それだけに『大和』という空母の実態も俺自身、正確に知っているわけではないんだ。従って、『大和』の力を俺に評価せいというのは無理な話だよ」

　春茂が困惑の体《てい》で答える。

「俺は嘘はつかん。その俺が言う。『大和』は世界最強の空母だ。そして、『大和』がもう一隻増えれば、我が連合艦隊は世界最強の艦隊になる。しかし、三番艦が通常の空母なら『武蔵』と同じように海軍の無駄遣いと言われるのは間違いない。俺が断言する」

「弱ったな……俺とお前の仲だ。できるなら力は貸したい。しかし、俺の力など……」

「源少将がお前に頭を下げると言っている」

「源が？」

「お前と源の間になにがあったのか、俺は知らん。知るつもりもない。だが、これだけは言える。源は皇国を救う力を持っている。お前にとってはどんなに気にくわない奴であろうとも、皇国には必要な男だ。お前は昔、言ったよな、皇国に命を捧げると。その気持ちはもう失ったのか」

「馬鹿言うな。その気持ちは今でもこの胸にしっかりと持っている」

「ならば、お前もプライドを捨てろ。皇国、そして故郷、家族たちにとって今何をなすべきか。青かったあの頃に戻って考え直せ。俺の言いたいことはこれだけだ」

竜胆ははっきり言って自信はなかった。

だが、意外にも春茂は、

「考えさせてもらう」と、言った。

「そうか」

「たまには海兵の同期と話すのも悪くないな……なあ、今度は飲まんか、酔い潰れるまで」

「そのためには、戦争を終わらせることだ」

「……そうかもしれんな」

春茂が寂しげに言った。

その後、春茂は動いたらしい。だが結局、源の手によって大和型空母二番艦が、建造されることはなかった。

春茂は責任を感じたのか、超技局長を辞任した。

送別会の幹事は源だった。

源は春茂の運動に対し、結果は別として感謝の意を示したのだ。

「もっと早くにわかり合うべきだったのかもしれない」

春茂が最後に言った。

ただしこれはもっと後の話である。

『5』

南雲忠一《なぐもちゅういち》中将が率いる第一機動部隊は、『赤城』『加賀』を擁する第一航空戦隊と、

『翔鶴《しょうかく》』『瑞鶴《ずいかく》』を擁する第五航空戦隊で編制されていた。

『大和』超武装艦隊を除けば、連合艦隊最強の機動部隊である。

ところがこの部隊には、日本の艦艇とは明らかに違う軍艦が参加していた。

ゲオルグ・コルビッツ少将に率いられた旗艦重巡『アドミラル・ヒッパー』と軽巡『エムデン』、それに駆逐艦五隻によって編制されたドイツ東洋艦隊である。

Uボートは外された。水上艦ならともかく、Uボートは太平洋に慣れていないし、日本軍潜水艦がアメリカ軍の潜水艦と勘違いをする可能性があると判断されたのだ。

通訳によって明日の攻撃を知らされたコルビッツ少将は、興奮でなかなか寝付けなかった。

翌未明、二つの航空戦隊から零戦三六機、九九式艦爆三六機、九七式艦攻三六機、計一〇八機による第一機動部隊の第一次攻撃部隊がミッドウエー基地に向かって出撃した。

その姿は、第一機動部隊とミッドウエー基地のほぼ中間で、アメリカ軍ミッドウエー基地所属の偵察機によって発見される。

一方、偵察機からの連絡を受けたミッドウエー基地司令は、迎撃体制が整っていないこともあり、基地内の航空機に回避の命令を出した。

偵察機からの無線を傍受したハルゼーの第16任務部隊は、敵機動部隊が意外にも近いことを知り、偵察機を増やした。

夜が明けたばかりのミッドウエー基地に対して第一機動部隊の攻撃部隊が攻撃態勢に入ったが、戦力増強を行なっていたミッドウエー基地の対空砲火は予想以上に激しかった。

だが、警戒をしていた航空戦力の抵抗がないことがおかしいと第一次攻撃部隊指揮官は思い、やがて敵航空戦力はこちらの攻撃を知って回避したと読み、第一機動部隊司令部に、「二次攻撃の要有り」と、打電した。


「まだ見つからないのか！」

旗艦空母『エンタープライズ』の艦橋で第16任務部隊指揮官ハルゼー中将が、絶叫していた。

すでに麾下の『エンタープライズ』『バンカー・ヒル』、軽空母『カウペンス』『モントレー』といった四隻の空母の飛行甲板には、いつでも飛び出せるように攻撃機が控えていた。

第一次攻撃部隊を送り出した第一機動部隊の空母群では、敵艦隊への攻撃に備えた攻撃部隊の準備を終えていた。

むろん艦攻は艦船攻撃のための雷装である。

そこに第一次攻撃部隊から、「二次攻撃の要有り」という入電があった。

南雲は迷った。

基地攻撃をするとなると、艦攻を雷装から爆装に変えなければならないからだ。

しかし、もし交換中に敵艦隊を発見すれば爆装で攻撃することはできない。

南雲は腕を組んだまま、沈黙した。

やがて南雲は決断する。

これだけ探しても敵艦隊を見つけられないということは、この周囲には敵艦隊はいないと判断し、爆装への交換を命じたのである。

だがここで、もっとも恐れた事態が勃発する。

索敵機が、南方三五〇カイリに敵艦隊を発見したのである。スプルーアンス少将麾下の第18任務部隊であった。

南雲は再度、爆装から雷装に交換させる。

このとき、第五航空戦隊から、爆装で攻撃したいとの連絡があった。

交換の時間を無駄にせず、爆装のまま攻撃を仕掛けようというのである。

南雲は、この意見を退けた。

攻撃するからには、正攻法で確実にやらねばならないと考えたのである。

しかし、この判断が第一機動部隊には致命的な結果を生む。

なぜなら、アメリカ艦隊は第一機動部隊が発見した艦隊だけではなかったのである。


第一機動部隊の索敵機が第18任務部隊を発見したのとほぼ同時に、第16任務部隊の偵察機が第一機動部隊を発見していた。

ハルゼーはいつでも飛び立てる態勢だった攻撃部隊に出撃を命じた。

グラマンF6F『ヘルキャット』艦上戦闘機一二機、グラマンF4F『ワイルドキャット』艦上戦闘機八機、カーチスSB2C『ヘルダイバー』艦上爆撃機二〇機、グラマンTBF『アベンジャー』艦上攻撃機二〇機の計六〇機の攻撃部隊が、重なる恨みを胸に敵第一機動部隊を目指した。

第一機動部隊の発見から一〇分遅れて、第18任務部隊の偵察機が第一機動部隊を発見した。

スプルーアンス少将もまた準備を終えており、四八機の攻撃部隊を出撃させたのである。


ハルゼー艦隊攻撃部隊が第一機動部隊の上空に達したのは、交換を終えた日本攻撃部隊が出撃をしている最中だった。

すでに上空に達して艦爆と艦攻の発艦を待っていた艦戦部隊は、そのまま迎撃部隊となってハルゼー艦隊攻撃部隊との空中戦に挑んだ。

ガガガガガッ！

ズガガガガガッ！

ベテラン揃いの第一機動部隊の艦戦隊は、強い。

零戦より力量の劣る『ワイルドキャット』が、瞬《また》く間に撃墜された。

しかし『ヘルキャット』はもう少し骨がある。

格闘戦が繰り広げられる一方、ハルゼー艦隊の『アベンジャー』雷撃機が、まさかそれがドイツの軽巡であることも知らず、魚雷を放った。

ズガガ――――――ン！

ドイツ海軍軽巡『エムデン』の舷側に炸裂音がして、同時に水柱が上がった。

「『エムデン』が魚雷を貰いました！」

「被害は！」

コルビッツ少将が怒鳴る。

「大きくはないようです」

「よし。アメ公を叩き落としてゲルマン魂を日本人に見せてやれ！」

地団駄を踏みながら、コルビッツ少将が高射砲弾に煙る天空を睨み付けた。


「別の日本艦隊か……」

スプルーアンス少将が、目を細めた。

「機動部隊ではありません。重巡を主力とした艦隊です」

「支援部隊あるいは攻略部隊かもしれません」

キーン参謀長が言う。

「問題は距離だな。ここいらでグズグズしていると、追いつかれて艦砲戦を挑まれるかもしれない……」

スプルーアンス少将がつぶやくように言って、顎を指で撫でた。

航空戦力は半分ほど残っている。しかし、ほとんどが護衛空母のため運用がしにくい。

正規空母上のものは、迎撃用に残しておく必要があった。

「しかたない。移動しよう。こちらの位置を悟られてもいい頃合いを見計らって、攻撃部隊に連絡するしかないだろう。連中だって帰る家が無くなるよりはましだろうからな」

スプルーアンス少将が転針を命じたそのとき、

「三時の方向、潜水艦からと思われる魚雷二基！」

「潜水艦か。うっかりしたかもしれん……」

スプルーアンスの声が、少しかすれた。理由はすぐにわかる。

スプルーアンスの巧みな命令で、第18任務部隊旗艦空母『ホーネットII』は災厄を逃がれた。

しかし、速力の遅い二隻の護衛空母があっという間に潜水艦の餌食《えじき》となったのだ。

スプルーアンスのうっかりは、これを言っていたのである。

「一隻や二隻ではありませんね、潜水艦は」

キーン参謀長が悔しそうに言った。

「おそらく罠を張っていた日本軍の潜水艦部隊だろう。私たちはまともにそれに引っかかってしまったようだ」

スプルーアンスがパチンと指を鳴らした。

スプルーアンスが推測した通り、この海域にはアメリカ艦隊が来たときのために、日本海軍潜水艦が五隻、網を張っていたのである。

第18任務部隊の駆逐艦が必死に潜水艦を求めて走り回ったが、結果は虚《むな》しかった。

「航空戦力が不足だから、とにかく臨戦態勢で状況を見守るのが利口のようだ」

結論を出すと、スプルーアンスは椅子にドッカリと座った。

「長居は無用のようだね、参謀長。護衛空母と共に失った航空機がやはり痛いよ」

二隻の護衛空母にはストック用の攻撃機が搭載されていただけに、第18任務部隊の航空戦力は一気に減少した。

ズッガガガ―――――――ン！
SB2C『ヘルダイバー』の叩きつけた五〇〇ポンド爆弾が、『赤城』の飛行甲板に残されていた爆弾を直撃した。

ドドド――――――――ン！
誘爆を起こした爆弾が、飛行甲板に亀裂を造った。
ミシミシミシッと、『赤城』の飛行甲板の一部が陥没した。
二発の魚雷を喰らった『赤城』は舷側を裂き、速力は半分程度に低下していた。
それでもなお必死にジグザク航走を続けているが、動きの鈍さは否めない。
ハルゼー艦隊攻撃部隊がそれを見逃がすはずはなかった。
勝負事は、敵が痛めた箇所を徹底的に攻めるのがセオリーだ。
ズガガガ――――――――ン！
ズドドォ――――――ンッ！
グワァ――――ン！
艦爆の集中攻撃を受けた『赤城』の飛行甲板に、白煙が上がった。
スプルーアンス艦隊の攻撃部隊が到着したのはそのときだ。
このときになってやっと、南雲の司令部は自分たちが挟撃を受けていることを知った。
ドウグワァン！
ズズ――――――ン！

白煙に黒煙が混ざり、やがて紅蓮《ぐれん》の炎が噴き上った。

「くそっ!」

第一機動部隊参謀長草鹿龍之介《くさかりゅうのすけ》少将が、呻《うめ》くように言った。

「長官。無念ですが『赤城』は諦めたほうがいいようです」

同部隊航空参謀の源田実《げんだみのる》大佐が、艦橋に仁王立ちになっている南雲長官に言った。

南雲はすぐに答えない。

「長官!」

源田が、繰り返す。

「わかっているよ、航空参謀」

南雲が小さく言ってから「近くには誰がいるんだ?」と聞いた。

「第三戦隊の戦艦『榛名《はるな》』がいます」

「わかった。『榛名』に連絡してくれ。旗艦を『榛名』に移す」

意外にさばさばした様子で南雲が命じた。

『赤城』一艦への集中攻撃は、ある意味では他の三隻の空母を救ったのかもしれない。

中でも第五航空戦隊の二隻の空母『翔鶴』と『瑞鶴』は、敵の攻撃をぬいながら併せて一六機の零戦を発艦させ、迎撃に向かわせることに成功したのである。

腕の差は歴然としていた。

ズガガガッ！

ガガガガッ！

素早くアメリカ軍機の背後を取った零戦隊は、機銃弾と機関砲弾を叩き込み、次々とスプルーアンス艦隊攻撃部隊を葬《ほうむ》り去っていった。

ミッドウエー基地への攻撃を終えて第一攻撃部隊が戻ってきたのは、スプルーアンス艦隊攻撃部隊の残存戦力が逃げ帰ったあとだった。

当然のことながら、『赤城』隊には戻る母艦が無く、炎上し続ける母艦を見ながら『加賀』『翔鶴』『瑞鶴』の飛行甲板に分かれて着艦した。


「撤退ですって！」

源田実参謀が、信じられないという顔で大声をだした。

「私は反対ですよ、長官。『赤城』を失ったとはいえ、『加賀』は軽傷、『翔鶴』と『瑞鶴』は十分に戦えますし、攻略部隊の重巡部隊も近づいておるのです。俺たちはまだまだ戦えるじゃありませんか。それにここで尻尾を巻いて逃げたのでは、今後に憂いを残すと自分は考えます」

一歩も譲らないぞという勢いで、源田がまくし立てた。

「私も、完全に撤退をすると言っているのではないぞ、航空参謀。体勢を立て直すまで一時攻撃を差し控えると、言っているのだ」

「ですから、それでは逆効果だと申し上げているのです。確かに時間をかければ我々の体勢は立て直せるでしょうが、それは敵も同じです。いやいや、地の利のある敵のほうに有利に働くと考えるべきであります」

「……だとしてもだ。お前の言っているのは目先の論だ」

「目先の論？」

「確かにここで踏ん張れば、ミッドウエーを奪うことはできるかもしれん。しかしそうなれば損害も増えるのは明らかで、お前の言う地の利のあるアメリカ軍の反撃を受けて連合艦隊は窮地に陥る。私はそれを恐れているのだ。だから、少しでも損害を少なくするために体勢を立て直す必要があると言っているのが、わからないのか」

「ええ、わかりませんね」

源田が顔を背《そむ》けた。

これではまずいと思いながらも、周囲の者たちが口を出しかねているのは、どちらの言葉にもそれなりの説得力があり、どちらが正しいとは判断できないからだ。ただ、結論は急がねばならない。それだけは誰もがわかっていた。

後方の山本もまた、迷っている。

山本にすれば、今度の作戦は淀みなく一気に攻略することが成功の鍵だと考えていたのだ。

つまずいて手間取れば、それだけ自軍が不利になることを山本も知っていた。だから『赤城』の撃沈は辛《つら》かった。つまずきと言えるかもしれない。

戦いではほんのわずかなつまずきだと思っていたことが、のちのち致命的なミスにつながることはよくあることだ。

しかしその一方で、大きな被害は『赤城』だけであり、全体的に見れば作戦部隊の戦力は十分に残っているのだから、もう一押ししないのはいかにも惜しいという気持ちもある。

それに、ここで引くことはいかにも日本軍の作戦失敗のように映り、アメリカ軍に勢いを与えてしまうことも考えられた。

行くべきか、引くべきか、まるでハムレットだなと山本は思った。

「第一機動部隊が、ミッドウエーから後方に移動するとのことです」

「……南雲なら、そうするか」

山本が思わず、言う。

「あの馬鹿が！　なにを考えているのだ。みすみす勝機を逃がすとは」

宇垣参謀長が、南雲を口汚く罵った。

作戦実施の前に行なわれた図上演習のとき、宇垣は撃沈されたはずの味方艦船を元に戻すという禁じ手まで使って日本軍を勝たさせたほどだから、今回の作戦への思い入れが強かったのかもしれない。

「撤退まではせんだろう」

山本が言った。

宇垣がチラリと山本を見て、またすぐに顔を正面のほうに戻し、

「いや、せざるを得なくなるでしょう。一度引き、再び盛り返すことは、一度目の攻撃よりは倍の士気と勢いが必要ですが、それを南雲に望むのは無理です」

と切って捨てるように言った。

山本は唸《うな》った。宇垣の言葉がもっともだという気がしたのだ。

下り坂は自分でも気づかぬうちに加速力がつき、引き返すには上るときよりも大きな力が必要だった。

（竜胆ならできたかもしれない）

一見すると、竜胆と南雲の戦い方は似ている。力業《ちからわざ》が得意なのだ。しかも竜胆という男は、時には驚くほどに柔軟な策も使える。そこが南雲とは違っていた。

しかし、竜胆『大和』超武装艦隊司令長官に別の作戦を命じたのは山本自身だった。

苦《にが》いものがこみ上げてきた。

人選のミスだったとは思わない。開戦以来機動部隊を率いてきた南雲は、時折危なっかしい場面もあるにはあったが、それなりの結果を上げてきたと山本は思っている。

それに、では他に誰かいるのかと言えば、否だった。

宇垣の断言と山本の危惧は、当たっていた。

南雲中将は第一機動部隊をいったん後方に下がらせると、使用可能な航空戦力を確かめて航空隊の編制を整えようとした。

「敵機です！」

「アメリカ艦隊がいると推測される位置からここまで飛んでくるのは無理ですから、ミッドウエー基地にいて一度回避した航空部隊でしょう。あそこには航続距離のあるアメリカ陸軍機も配備されていたはずですから」

源田が分析した。

南雲はすぐに迎撃部隊の出撃を命じた。

敵部隊は、源田の推測通りミッドウエー基地の航空部隊で、陸軍の重爆撃機と中爆撃機を主力としていた。

爆撃機を掩護《えんご》する戦闘機部隊は零戦隊の敵ではなかったが、爆撃部隊には手こずった。

その結果、第一機動部隊は爆撃部隊の水平爆撃に晒されたのである。

ドドド――――ン！

ズバババ――――ン！

爆撃機の落とす爆弾が海面に叩きつけられ、何本もの水柱が派手に立ち上った。

命中率は決して良くないが、数が数だけに支援部隊や警戒隊の艦艇に被害が出始めた。

大きな被害はないものの、それが日本兵の士気を一段と下げた。

タンタンタンタンッ！

バッバッバッ！

ズガガガガッ！

『赤城』に代わり新たに旗艦になった戦艦『榛名』、姉妹艦の『霧島』、支援部隊の重巡『利根』『筑摩《ちくま》』らが対空砲を噴き上げる。

しかし、高々度からの爆撃のために日本軍の対空砲火の効果も薄かった。

「第四駆逐隊の『舞風《まいかぜ》』が直撃弾を受け、炎上中」

「輸送艦が撃沈されました」

「駆逐艦『巻雲《まきぐも》』に軽度の被害」

致命的な被害はないが、『榛名』の艦橋にどんよりとした重い雰囲気が落ちた。

「撤退する」

南雲が突然、言った。

幕僚たちが一斉に南雲を見た。

「これ以上、被害を増やすわけにはいかん」

「言わんこっちゃない」

源田が無念そうに言った。

しかし先ほどと違って、周囲の者たちの心は南雲寄りだった。

第一機動部隊撤退の入電を受けた山本は、彼らしくないため息をついた。

「終わりましたな」

宇垣が疲れた声を出した。

「ああ」

「こうなれば、少しでも被害を抑えた撤退こそ重要です。被害が少なければ、次に生かせます」

「そうだな」

山本が力なく言った。

『赤城』は痛いが、目も当てられぬほどの敗北ではない。

しかし山本としては、目に見える被害よりも、目には見えない精神的な打撃のほうが大きかったかもしれない。

「『赤城』がやられたのか!」

横須賀港に係留されている『大和』の艦橋で、仙石参謀長が舌打ちした。

「負け戦だったのでしょうかね」

牧原航空参謀が、眉をひそめながら小声で言った。

まだ作戦の詳しい状況や結果が入っていないため、仙石にも判断はできない。

ただ、通例なら日本軍の戦況報告は、自軍の被害より戦果のほうを華々しく連絡してくるのに、なぜか今回は、『赤城』撃沈がいち早く知らされたことに仙石は嫌な気がした。

誰も口に出しては言わないが、おそらくそのことに気づいているはずだ。牧原の疑問は牧原だけではなく、この場のほとんどの者が感じていた。

「また忙しくなるかもしれんな」

竜胆長官が眉間にしわを作り、言った。

彼もまた、今回の作戦の結果が芳《かんば》しいものではなかったことを感づいているのだ。

〈ミッドウエー作戦〉の詳細が『大和』超武装艦隊にもたらされたのは、それから五時間後である。

情報は瞬く間に部隊全体に広がった。

「さほど大きな動揺はないようです」

結果が入ってからしばらくして、部隊内の様子を調べてきた仙石が、長官室にいた竜胆に報告した。

「うちの連中は肝《きも》が据わっている連中が多いから、俺もさほど心配はしていなかったが、第一機動部隊はちょっと辛いかもしれんな。あの部隊はこれまでほとんど負けを知らずに来ただけに、大敗ではなかったものの受けた衝撃は大きいかもしれんぞ」

「ええ、ベテラン連中はそうでもないでしょうが、若い兵隊は少し心配ですね」

「しかし、こればかりは俺たちにどうこうできることではない。俺たちにできるのは、きっちりとこの借りを返してやることだ」

「そうですね」

「ただ、ミッドウエーがこういう結果になったからもう少しここで待機しておれと、先ほど山本閣下から連絡が入った」

「さすがの閣下も、少しショックだったのでしょうね」

「まあ、そうだろうな。しかし、ああいう人だ。この程度のことをいつまでも引きずっている人じゃないさ。また、そうでなくちゃ連合艦隊司令長官なんぞできるわけはない。しょせん戦は勝ったり負けたりで、負けから何かをつかみ取れる者だけが最後の勝者になれるというわけだ」

竜胆の顔に、先ほどまでちらついていた憂いの色はすでに無かった。

仙石も腹をくくると、気持ちを切り替えた。

「酒でもどうだ、参謀長」

「よろしいですね、いただきます」

竜胆が立ち上がり、部屋の隅にある戸棚からブランデーとグラスを二つ取り出してテーブルに置き、酒を注いだ。

グラスを持つと、ブランデー特有の甘い香りが鼻をくすぐる。

グラスに唇を寄せ、ゆっくりと飲む。

火の酒が食道を暴れながら通り過ぎてゆく。

『大和』超武装艦隊が次はどこに行くのか、まだ竜胆さえ知らない。

翌日、日本全国はミッドウエーの結果を巡ってそれこそ嵐のようなにぎわいを見せるのだが、横須賀港にはまだ優しい風が吹いていた。

『6』

オーストラリアがイギリスから独立してオーストラリア連邦を建国したのは、一九〇一（明治三四）年である。

とはいっても、完全にイギリスから離れたわけではなく、政治、経済、軍事などほとんどの面でイギリスの協力と支援を受けていた。

独立後にも海軍的な組織は存在したが、正式なオーストラリア海軍が成立したのは独立から一〇年後の一九一一（明治四四）年である。

しかし、正式な海軍と言ってもほとんどの武器や兵器はイギリス海軍の協力を得ているため、口の悪い者に言わせればイギリスからのお下がりで編成された軍隊（陸、空軍も状況は同じ）であった。

第二次世界大戦当初、オーストラリア海軍はイギリス海軍と共にドイツ、イタリア海軍と戦い、日本の参戦後はＡＢＤＡ艦隊に編入され、日本海軍との戦いで虎の子の艦艇を数隻失っていた。

この後、ロバート・ゴームレー米中将の南太平洋連合海軍の指揮下に入ったが、ゴームレーが失脚し、南太平洋連合海軍解散によって、オーストラリア海軍は太平洋艦隊任務部隊と時折り連携を取ることはあったが、それ以外はほぼ沿岸警備隊と言っていいほどの体たらくである。

イギリスからの援助を断たれたオーストラリア政府は、アメリカに対して再三にわたってオーストラリア海軍への支援（艦艇の貸与など）を求めたが、アメリカ政府からの反応はほとんど無かったと言って良い。

オーストラリア政府が、その原因が連合国軍南西太平洋方面司令官ダグラス・マッカーサー陸軍大将であることに気づいたのは最近である。

オーストラリア政府は、アメリカ政府に対する交渉の窓口としてマッカーサー大将に頼っていたが、オーストラリア軍の戦力増強が自分の権力減小につながると思い込んだマッカーサーは、海軍のことだけでなく合衆国政府に話を繋げることをしなかったのだ。

オーストラリア政府は当然のことながらマッカーサーに激怒したが、それをマッカーサーにぶつけるわけにはいかなかった。腐っても鯛ではないが、ゴームレー中将がいるときならともかく、現在は合衆国政府への有効なパイプはマッカーサーしかいなかったのである。

「早急にマッカーサー大将に代わる人物を捜さなければならないね。あの男に頼っていては、我がオーストラリア連邦はあの男の野心の道具に使われ続けるだけだ。あいつはクズだ。オーストラリアに寄生するダニのような奴だ」

オーストラリア連邦首相ジョン・カーティンは、憎悪を込めた目で言った。

苦労人と言われ、それゆえに人情の機微に通じていて、滅多なことでは政敵にさえも汚い言葉を使わない人物だったが、カーティン首相のマッカーサーに対する嫌悪は深く、強かった。

「ただし、密かに行動してほしい。十分すぎるほど十分に慎重に。唾棄すべき男だが、マッカーサーは優秀でもある。こちらの動きを知られれば、どんな報復を受けるかもしれないからね」

カーティンは最後は声をひそめていた。


「どこまでも私を馬鹿にしようと言うのか、ニミッツめ！」

ブリスベーンにある連合国軍南西太平洋方面司令部の長官室で、ダグラス・マッカーサー陸軍大将が悔しさで目を真っ赤にさせて言った。

合衆国海軍が久々に日本軍を圧倒したことは、海軍軍人だけでなく、ブリスベーンの陸軍将兵にとっても爽快なでき事だった。

だがマッカーサーは違った。

マッカーサーにとっては、海軍の勝利などより、寄越すと言っていたはずの第18任務部隊が南太平洋に来ないで方向転換をしたことのほうが、重大だったのである。

それだけでもマッカーサーにすれば許されざる裏切りであり、約束違反だというのに、第18任務部隊はそのままパールハーバーに戻ってしまったのだ。

太平洋艦隊司令部にすれば、規模やスケジュールから見て、日本艦隊がすぐに南太平洋に襲いかかることはできないと判断し、わずかだが被害を受けた第18任務部隊をパールハーバーに返させて修理などをするために呼び戻したのである。

ところが、自分の思い通りにならないことが何より嫌いなマッカーサーにとっては、ニミッツの取ったこの行動は裏切りに裏切りを重ねたように映ったのであった。

マッカーサーは、憎悪を力一杯込めた抗議文をニミッツに送った。

受け取った抗議文に、今度はニミッツが頭に血を上らせた。

戦争というのは、常に動いているものであり、状況によっては予定を変えなければならないのは当たり前のことである。しかも、自分が久しぶりの勝利に酔っているときに、冷水を浴びせるような、粗野で、下品で、実に無礼な抗議文を寄越すとは、いったいお前は何様のつもりだ、というわけだ。

ニミッツの常日頃では見られぬ怒りように、周囲の者たちが恐れをなしたほどである。

ニミッツはスプルーアンス少将を呼び、自分と共にスプルーアンスを誹謗《ひぼう》しているマッカーサーの抗議文を見せた。自分でも大人げないという気持ちはあったが、ニミッツにはどうしてもマッカーサーの行ないが許せなかったのだ。

一読したスプルーアンスは、ニヤリと笑って見せた。

もちろん抗議文の内容は不愉快だったし、論理的でなく情報的にも誤っていることが多かったが、それ以上に滑稽な気がしたのである。

「逆恨みの骨頂ですね。人を笑わせることができなくなったピエロが、自分の力を棚に上げて、笑わないのは客のせいだと愚痴を言っているようにも思えますよ」

抗議文をニミッツに返しながら、スプルーアンスは皮肉っぽく言った。

ニミッツはスプルーアンスの巧みな比喩《ひゆ》に、大きくうなずいた。

「しかし、無視はできませんね。マッカーサーを」

スプルーアンスが、普段の彼に戻って冷静に言った。

「残念だが、そういうことになる。それに、しばらくは大丈夫だろうが、間をおけば日本軍が再び南太平洋に現われる可能性はあるからね。もっとも、日本軍のガダルカナル基地の整備もだいぶ進んだようだから、あの辺りを守護する第八艦隊との連携もスムーズに行って戦力増加ということになるだろう。例の艦隊などが出没する可能性は薄いとは思うがね」

ニミッツが満足そうに言った。

「ですが、これ以上マッカーサー大将を怒らせてもいいことはないでしょう。準備が整い次第、我が第18任務部隊が南太平洋に向かいますよ」

スプルーアンスの言葉に、ニミッツが大きくうなずいた。

ニミッツに本国の合衆国艦隊司令部から驚愕《きょうがく》の指示が届いたのは、第18任務部隊がパールハーバーを出撃して三日後であった。

それには、オーストラリア政府の要請により、オーストラリア海軍の残存海軍戦力を第18任務部隊の麾下とし、オーストラリア本土および周辺の守護を今以上に徹底すること、そしてこれより後は、アメリカ太平洋艦隊司令部はオーストラリア海軍司令部と今以上に密なる連絡を取ること、と指示されていた。

しかし、ニミッツを驚愕させたのは指示の後に付いていた連絡である。

そこには合衆国陸海軍統合司令部が、ダグラス・マッカーサー連合国南西太平洋方面司令官を勇退させる予定であると、記されていた。

まさかオーストラリア政府の懇願と脅《おど》し（日本軍には味方しないがアメリカとの関係も再考する。すなわち中立に近い立場になるという宣言）によってそれが実現し、実質は罷免《ひめん》であることなどニミッツは知るよしもなかったが、マッカーサーの退場は海軍にとって両手を挙げて祝福すべき吉事であった。

こうしてダグラス・マッカーサーは表舞台から消える。しかし、狡猾《こうかつ》な天才は最後になって復活するのだが、それは後に語られることになる。

第三章　アラフラ海の地獄

『1』

年が明けた一九四三（昭和一八）年初頭、『大和』超武装艦隊は、補給と休みのためにトラック泊地に入った。

『大和』超武装艦隊司令長官竜胆啓太中将がさっそく訪れたのは、トラック泊地に根拠を置く第四艦隊司令長官井上成美《しげよし》中将の、夏島にある長官宿舎だった。

知己《ちき》を笑顔で出迎えた井上中将は、竜胆を応接室に通し、

「まあ、今回は永野総長のお手柄かな」

と、苦笑した。

ミッドウエーでの戦いが大きな敗北ではないとはいえ、空母を一隻失った以上、

各所から、作戦の指揮者たちの責任を問う声が上がるのは当然である。

当事者たちにも、当然その覚悟はあった。

山本にさえ責任が及ぶだろうという噂もあり、山本自身が「謹《つつし》んで受ける」と言ったなどと、まことしやかに流れていた。

しかし、〈ミッドウエー作戦〉から一カ月近くが経つが、今でも連合艦隊にはさほど目立つ変化はなかった。

動いたのは、軍令部総長永野修身大将である。

井上が竜胆に言ったのはこのことだったのだ。

ミッドウエー敗戦を機に、連合艦隊改革を言い出していたのは海軍省の若手たちであった。

永野総長は直々《じきじき》に海軍省に乗り込んだ。

「懲罰人事なんざやってみろ。さほどの敗北ではないというのに、いかにも海軍は大失策を犯しましたと世間に喧伝《けんでん》するようなものじゃねえかよ。そんなことをしたら、海軍だけではなく日本軍全体の士気を低下させることになるんだよ。ここは人事や懲罰は最小に抑え、あの程度の敗北は敗北に入らないと大きく構えることこそが、海軍、日本軍、そして皇国のためになる」

永野がこのような演説をぶち上げ、山本らに反目して懲罰や降格を求める将官たちや海軍省の若手を抑えたのであった。

「もともと、山本さんと永野さんとの関係は良くない。考え方が水と油だからな。好きか嫌いかで言えば、互いに嫌い合っているだろう。しかし、腐っても鯛だよ。永野さんは今でこそ考え方が硬直してきているが、若い頃は天才とまで称された軍人だ。今、皇国にとって必要な人材が誰かということは、ちゃんとわかっているということだろうな。もちろん永野さんの言うことが正論であるってことは、言うまでもないが」

ほとんど酒をたしなまない井上だから、挨拶程度に飲んだ酒が回ってきたのだろう、いつになく饒舌《じょうぜつ》だった。

「井上さんは、正直なところ今度の〈ミッドウエー作戦〉について、どんな感想を持っているのか聞かせてもらえないかな」

竜胆が聞いた。

ウムと唸《うな》って、井上は少し考えていた。そして、

「正直な、ところか。そうだな、根っこのところを言えば、第一機動部隊を貴様に任せなかった山本さんの失策だと思うよ。貴様ならおそらくミッドウエーを分捕《ぶんど》っ

ていたと俺は思ってる。あの手の仕事はお前向きだよ」

「無茶を言うなよ。俺は『大和』超武装艦隊を預かってるんだぜ。両方できるわけがない。それに、俺だったら分捕れたかどうかは、これればかりはやってみなければわからないさ。資料を見たが、南雲中将が大きなミスをしたとは言い切れんしな。まあ、ミスというなら魚雷と爆装備の交換かな。あそこでもう少し早い決断ができていれば、『赤城』を失うことは避けられたかもしれん。だがまあ、戦にたら、ればは御法度《ごはっと》だ」

「だから南雲さんが大きなミスをしたとは、俺だって思っていないよ。あれはあの人の実力だし、それ以上のものは望めない。だからもし南雲さんがミスをしたとしたら、それは彼を選んだ山本さんと連合艦隊司令部の責任さ」

「なんだ今日は……ずいぶん山本閣下に点数が辛いな」

「愛の鞭《むち》、と思ってくれ。今の戦争を指揮できるのは山本さんだけだということに異論はないし、あの人ならできるはずだ。だからこそ、点数が辛い。期待の裏返しかな」

「なるほど、井上さんらしいな」

竜胆が苦笑しながらコップ酒を飲む。こちらはいける口だ。

「学者馬鹿の、斜め読みだな。素直じゃない」

「あんたはそれでいいよ。戦争屋としては失格に近いが、あんたの繰り広げる論は、正しいし、深い。上司が相手だろうと、間違っていることは間違っていると堂々と言ってのける勇気には、いつも俺は感心してるんだ。そんなこと、井上さんにしか絶対できないからね。あんたはあんた自身が思っている以上に海軍には必要な人だよ」

「あははは、これは過分なお言葉だね。だが、お前が言うほど俺が必要かどうかは別としてだ。まあ、後ろ指を指して言われるから反発するが、たぶん俺は、皆が言うように学者馬鹿なんだろう。俺にはそうしかできないんだがな」

「何度も言うが、あんたはそれでいいよ」

　コップ酒を干しながら、竜胆が笑った。

「ところで、竜胆。貴様、変なものに乗っていたな」

「ヘリコプターだよ」

「ヘリコプター?」

　竜胆がヘリコプターについて解説すると、井上が手をポンと叩いた。

「そりゃあ俺も欲しいな。回転翼の広さだけあれば離着陸ができるって言うんなら、執務室のあるうちの旗艦『鹿島』にひとっ飛びだし、他の島に用事があるときも船でちんたら行かなくても済むってわけだ」

「そういうことなら、あんたのほうからも艦政本部にねじ込んでくれないかな。さっきも言った通り、艦政本部や海軍省の馬鹿どもはヘリコプターのすごさをとんと理解しないで、超技局からの要請を頭から無視しているらしいんだ」

「その件、承知した」

「頼む。うちの航空屋たちはヘリコプターの攻撃隊まで作りたいと言っているのだが、一機では話にならないんだよ」

「しかしなんだなあ、超技局についちゃあ、ちょっと山本さんから聞いただけで詳しくは知らないんだが……もったいないなあ。そこの連中にもっと金を出してやれば、とてつもないもんができそうなのにな」

「いや、おそらくとてつもないものはあるんだと思う。俺たちが知らないだけでな。ヘリコプターだって、開発に取りかかったのはずいぶん前のことらしいから、予算さえ十分にあったらもっと早くに日の目を見ていたはずだ」

「そういうもんか」

井上が、うなずいた。

「それじゃあ、超技局そのものの地位を高くさせなきゃ駄目なのかもしれんな」

「それが一番の難問だ。艦政本部の正規の部署は、超技局を嫌っていてぶっ潰したいとさえ思っているようだし、超技局の連中も連中で、下手に組織に組み込まれると今度は自由に自分たちの仕事ができなくなると考えているようだ」

「そいつは難儀だな」

と井上は言いながらも、言葉ほどには困っていないように見える。

「先行きはどうにかしたいと俺も思っているが、いずれにしても、今の戦《いくさ》を終わらさなければ無理だろう」

「結局、そういうことだ」

井上が言って、大きく何度も首を上下させた。


井上と歓談した翌日、竜胆は連合艦隊司令部から緊急命令を受けた。

「リンガ泊地にですか」

仙石参謀長が、訝《いぶか》しそうな顔をした。

「インド洋にイギリス艦隊が現われるという情報があるらしい。ドイツが青島に東洋艦隊を置いたことが影響しているというのだが……」

「まさか。そんなのは与太話《よたばなし》でしょう」

仙石が即座に否定した。

イギリスは、ドイツ戦にそれこそ手一杯で、今さらアジアに戻ってくるほどの力があるとは考えられなかったのだ。

「俺もそう思うが、あの方面を担当する南西方面艦隊は駐留部隊だから戦える艦艇は無いし、当然、空母も無い。だから、もしものときを考えて行ってくれということになったんだ」

竜胆が、慰めるように言った。

「まあ、命令とあればしかたありませんが、やはり残念ですよ」

仙石が肩を落とした。

『大和』超武装艦隊がトラック泊地に入ったのは、ミッドウエーで日本海軍を苦しめたアメリカ太平洋艦隊第18任務部隊が、第16任務部隊と交替して南太平洋に着任したとの情報があり、それに決戦を挑む予定だったからである。

いわばミッドウエーの復讐戦で、仙石だけでなく『大和』超武装艦隊の司令部自体が第18任務部隊に報復を願っていたから、来るかどうかもわからないイギリス艦隊に備えての任務にはあまり気乗りがしなかったのだ。

しかし、行くとなれば気分転換が早いのが『大和』超武装艦隊司令部の特色でもあった。

補給を完了した『大和』超武装艦隊がトラック泊地を出航したのは、二日後のことである。

泊地を囲む環礁を抜けて外海に出ると、それまでの静けさが嘘のように変わり、荒波が艦艇にぶつかってくる。もっとも、茨《いばら》の道を歩き慣れている『大和』超武装艦隊にとっては、荒波などたいした困難ではない。

「トラック泊地は別世界だ」と称した者がいるらしいが、まさにその通りだと誰もが賛同した。

『2』

カーライズ造船は新興の造船会社で、海軍に出入りするようになってからまだ日が浅かった。

そのカーライズが、海軍首脳を通してアメリカ合衆国艦隊司令長官兼海軍作戦部長アーネスト・J・キング大将に面会を求めてきたのは、一週間前のことである。

ミッドウエーの攻防で、海軍が日本軍に対して一矢《いっし》報いた結果は合衆国中で賞賛されていた。

しかし、精細に見ていけば決してアメリカの大勝利というわけではない。

まあ、アメリカのほうが勝ったかなあ、という程度が本当のところだ。

それをアメリカ政府と軍は大げさに表現し、いかにも合衆国海軍の大勝利だったかのように、巧みに世論を誘導したのである。

世論誘導の類《たぐい》は、あまりキングは好きではない。

しかし、今回は乗った。合衆国国民を勇気づけてやりたいと思ったし、彼自身への風当たりも弱くなるだろうと思ったのだ。

狙いは正解だった。

キングへの風当たりは弱くなったし、握手を求めてくる市民もいた。

キングも、少しだが余裕を取り戻せたのだ。

カーライズは、キングのために高級レストランを用意した。

うまいワインを出す店として有名なだけに、酒好きのキングは喜んで応じた。

むろん、メーカーがなんの狙いもなくそんな店に招くはずがないことを、キングは熟知している。

現われたカーライズの専務取締役はドナルド・ハントと名乗り、いかにもやり手そうな黒縁眼鏡の男だった。声がやや高いため少し耳障りだが、ワインが体に回るころにはそれも気にならなくなっていた。

キングはいつ相手が用件を切り出すかと待っていたが、結局、食事が終わってもハントは仕事の話に触れなかった。

ただ別れ際に、

「次はいつお目にかかれるでしょうか」

と、やっと聞いてきた。

「今夜が最後だよ」と意地悪く言ってやりたい気もしたが、その夜のワインへの誘惑は断ちがたかった。

二度目にあったのは、三日後である。

この夜も、ハントは仕事の話になかなか触れてこなかった。

業《ごう》を煮やしたのはキングのほうである。

「話があるのなら、酔う前に聞いておきたいんだがね。それとも、酔わせて君に優位な話に持って行きたいのかね。それなら諦めたほうがいい。私は酒に飲まれるほど柔《やわ》ではない」

　キングの硬い言葉に、ハントは詫びを言って、ここへの招待はあくまでキングに楽しんでいただきたいだけだと言った。

「なるほど。で、話は？」

　言い訳はもういいという感じで、キングは再度聞いた。

　ハントもキングの真意を悟ってうなずくと、

「新型空母のお話です」

　と、キッパリと言った。

　キングは首を振った。

　アメリカ海軍では現在、正規空母としてエセックス級、軽空母としてインディペンデンス級、そして複数の級に渡る護衛空母の増産体制にあり、新しい空母の入り込む余地はまったくなかったからである。

「それらの空母より能力が低いというのであれば、作戦部長のおっしゃる通りでしょうが、私どもが開発しました三万トンクラスの空母は、主力であるエセックス級をはるかに凌駕《りょうが》するものです。間違いありません。ただし」

　ここでハントは言葉を切った。

キングも身構えた。ここからが本当の本題だと思ったからだ。

ハントは自分のワインを口に含み、飲んだ。そしてフッと息を一つついてから、話し出した。

「私たちが将来我が合衆国海軍に納めたいのは、これではありません。六万トンクラスの空母を納めたいと思っています。ですから今申し上げているのは、我が社の技術力を見ていただくための先駆け的な空母です」

「話にならんな」

駄目駄目という意味で、キングは手をひらひらとさせた。

「まさかあんた、パナマ運河のことを知らないなどと言わないよな。知らないのならモグリだぜ、造船屋として」

「いえ、もちろん知っています。合衆国海軍が、パナマ運河を通れない軍艦は建造しないというお話ですよね」

「そうだ。そして、六万トンの空母なんてパナマ運河を航行できるわけがない。この時点でこの話は終わりだ」

「それがわからないのです」

ハントはこれまでと違って、少し強い調子で言った。

「何がわからない？　簡単なことだ。我が海軍の艦艇は、パナマ運河を利用して太平洋と大西洋を行き来しなければならんのだ。だから六万トンの艦はいらんのだよ」

「確かに作戦部長のおっしゃる通り、太平洋と大西洋を行き来することにメリットがあるのは承知しています。しかし、すべての軍艦と限定する必要があるでしょうか」

「意味がよくわからんな」

「ある種の艦を西海岸で建造して太平洋だけで使おうというお気持ちになりませんか。そうすれば、六万トンどころか一〇万トンの艦だって造れるのではありませんか」

「一〇万トンの艦」

「パナマ運河を行き来できるメリット、そして一〇万トンの艦が造れるメリット。比べた場合、それほど大西洋に行けない艦はデメリットが大きいですか。たとえば今、海軍を苦しめている六万トンクラスの日本海軍の空母と対等に戦えるのですよ。これはこれで、私はすごいメリットだと考えているんです。いかがでしょうか」

　キングが、ううんと唸った。

　言われてみれば、ハントの言葉にもある程度の説得力があった。

確かに六万トンの空母があったら、あの空母と対等に戦えるだろう。

「面白いかもしれんな」

「常識を壊していただけませんか、作戦部長。常識を壊したとき、今までには考えたことがない新しいものが生まれます」

「……常識を壊す、太平洋だけで使う、六万トンの空母か……」

「はい」

「ちなみに聞こうか、その先駆けだという空母のデータを」

「基準排水量は三万二〇〇〇トン、全長は二五六メートル、搭載機数は一五〇から一八〇機、最大速力は四二ノットです」

「馬鹿言うな。そんなクラスの空母に搭載機が一八〇など、絶対に無理だ」

「できるんですよ。何しろこの空母は幅が六二メートルありますので」

「六二メートルだと！」

「はい」

「話にならん。そんなに幅のある艦が、四二ノットのスピードが出るはずないだろうが」

ハントの話に乗りかけていただけに、キングは不愉快になった。

だが次の瞬間、ハントはこう言ったのだ。

「その空母は双胴艦なのです」

「な、なんだと！」

「我がカーライズが開発した空母は、ちょうど二隻の艦を飛行甲板で繋げたような双胴艦なのです、作戦部長」

そう言って、ハントはテーブルの上に双胴艦空母のパース図を置いた。

「…………」

「ご理解いただけたでしょうか」

「こ、こんな艦は見たことがない」

「模型実験はすでに済んでいます。ご興味があれば、実験を映した映画も、模型もご覧いただけます」

「建造費は？」

「エセックス級より若干高い程度です」

「建造期間は？」

「八カ月」

「無茶だな」

「社運を賭けているのです。私どものカーライズ社が大きくなるか、大手メーカーに吸収されて朽《く》ち果てるのか……それゆえに私たちは本気です。本気で、死にものぐるいでやります」

キングは腕を組んだ。興味は引かれた。ハントの話が事実なら、まさに画期的な空母である。

「……私だけで決められることではない」

安く見られないように、キングは釘を刺した。

「承知しています。しかし、作戦部長が反対されれば、建造はできません。作戦部長はそれだけのお力を持っています」

目を閉じてキングは考えていた。タップリ五分は考えた。そして、

「見せてもらおう。映画と模型を」

と、言った。

「いつでも結構です」

ハントが身を乗り出すようにして言った。

「早いほうがいいな」

「承知しました」

カーライズ社が用意した車の中で、キングは、

「常識を壊す……双胴艦空母……六万トンの空母」

と、何度も繰り返した。


『3』


初めて目にした航空機による本格的な海戦は、ドイツ東洋艦隊指揮官ゲオルグ・コルビッツ少将に様々なものを学ばせ、刺激した。

一週間行動を共にし、愛着さえ感じ始めていた空母『赤城』の沈没も目に焼き付いている。

だが、一つだけ欠けているものがあった。

それは空母から航空戦を見ることであり、自分が空母にいることである。

確かに航空戦の一端は見た。しかし、それは重巡『アドミラル・ヒッパー』の艦橋から見た風景に過ぎないような気がしたのだ。

空母に乗りたい。

その思いがコルビッツ少将を突き上げる。

本国で建造が進む空母の竣工はまだ先である。

自分が、ドイツ第三帝国初の空母に乗せてもらえるのかどうかの保証はない。そんなことはまだドイツ本国では考えてもいないだろう。

しかしここで空母に搭乗し、空母とはなんであるかを学んで理解しておけば、母国の空母に乗せてもらえる可能性は高くなるとコルビッツは思った。誰も知らない空母を、私は知っているのです、と言えるはずであった。

（そして、できるならば超弩級《どきゆう》空母『大和』に乗りたい）

と、コルビッツ少将は思った。

世界最大、世界最強、まだまだ自分が知らない秘密が隠されている驚異の空母。

どうせ乗るなら、『大和』がいいに決まっている。

乗りたい！

乗りたい！

私は、空母に乗りたい！

コルビッツ少将の願いを聞いたドイツ東洋艦隊司令長官ハンス・ヘッケル中将は、日に日に変貌を遂げてゆく部下を複雑な表情で見た。

嬉しくもあるし、同時に羨《うらや》ましくもある。

逞《たくま》しくなったと思うし、自分と離れていくような寂寞感もなくはなかった。

そんな気持ちが出たのだろうか、

「しかし、コルビッツ少将。そうなると東洋艦隊の指揮を執る者がなくなるではないか」

ヘッケル中将の言葉には、無意識にトゲがあったかもしれない。

「はい。それはわかっておるのですが」

コルビッツが肩を落とす。

これまでヘッケル中将は、上官と部下という関係をきっちりと取りながらではあったが、総じてコルビッツに対して親愛の情を見せていてくれた。

(俺の甘えすぎだろうか)

ヘッケルの言葉のトゲに、コルビッツは少し萎縮した。

「私自らというわけにはいかないし、本国の首脳が誰かを派遣してくれるという保証もないぞ」

「やはり無理でしょうか……」

みるみるコルビッツの声のトーンが下がった。

「いや、それはわからないが」

コルビッツの変化に気づいたヘッケルは、あわてて語気を緩めた。

「私は君が空母に搭乗することが悪いと言っているわけではない。空母運用の実績のない我が海軍の中で、空母の搭乗経験があるということは、海軍にも国のためにも決して無意味ではないはずだからな。しかし、君も承知の通り、海軍の首脳の中には今度の空母建造を疑問視する者も少なからずいる。それは承知しているな」

「はい」

コルビッツの脳裏に、いわゆる大艦巨砲主義的傾向の強い提督たちの顔が浮かんだ。

航空機による海戦の経験を積んできた日本やアメリカでは、もはやそう考える提督たちは過去の遺物と言ってもいい存在だ。

しかし航空機による海戦の経験のないドイツ海軍では、まだまだ大艦巨砲主義たちは幅を利かせていた。

ドイツ空軍とゲーリングにも罪はある。

航空機を独占したい空軍とゲーリングは、航空機の運用は空軍にしかできないというような雰囲気を作り上げ、海軍に向かってもそう言ってきたからだ。

「我々空軍は飛行機で戦い、君たち海軍は大砲で戦う」

空軍が常に繰り返してきた言葉だ。

この言葉の前に、海軍軍人は自分たちと航空機は無縁だと考えてきたのである。

しかし、今のコルビッツははっきり言える。

海軍には航空機が必要だ。

海軍にも飛行機が使えるのだ。

それゆえに、これまで空軍の行なってきたことは犯罪だ。

彼らは海軍を欺《あざむ》き、国民のための力をおのれの野心のために犠牲にしてきたのだ。

「そしてどういうわけか、大艦巨砲主義を言いつのる者には日本嫌いが多い。時には差別的言動をわざわざ弄《ろう》する人間さえいる。竜胆長官の艦隊にパイロット候補生を送り込んだときも、そういう連中が反対したという経緯があるんだ。だから君の希望はそう簡単ではないかもしれない」

ヘッケルの言葉に、コルビッツはため息をつきたい心境だったが、堪えた。

親身になってくれている上官に余計な心配をかけることが、心苦しかったからだ。

「だが、一応はお伺いを立てておこう」

「よろしいのですか」

ヘッケルに迷惑をかけることになるのはわかっているのだが、空母に乗りたいという思いをコルビッツは抑えきれなかった。

コロリと態度の変わったコルビッツを見て、ヘッケルが苦笑した。


『4』


帝都東京、永田町。

政治の街は、北風の中にあった。

首相官邸の庭にある裸の木が、ハタハタと風に揺れていた。

歩いていると身震いがする。

しかし、暖房の効いた首相官邸の小会議室では数人の男たちが雑談に興じ、時折り乾いた笑い声が響いている。

いずれも首相官邸の主《あるじ》たる東条英機《とうじょうひでき》陸軍大将に近しい者たちだったが、誰一人として自分が何故《なにゆえ》ここに呼ばれたのかを知っている者はなかった。

「とうとう海軍もみそをつけたね。ミッドウエーを分捕るなどと勇ましいことを言っていたが、反対に空母を一隻やられちゃったんだからなあ」

聞きようによっては実に不謹慎なことを言ったのは、参謀総長杉山元《はじめ》大将だ。

「少し海軍は目立ちすぎですよ。誤解を恐れずに言わせてもらえば、いい薬だったんじゃありませんか」

杉山にあわせるように言ったのは、陸軍省軍務局長佐藤賢了《けんりよう》少将である。

「それにしても、首相は遅いですな」

腕時計を見ながら誰にともなく参謀次長田辺盛武《もりたけ》中将が言った。

「私は三時間待たされたことがあります」

鼻の頭をポリポリと掻いたのは、参謀本部作戦課長の真田《さなだ》穣一郎《じよういちろう》大佐だ。集まった者たちの中では一番若く、威勢がいい。

ドアの外に人の気配がして、すぐにドアが開いた。

ドアを開けたのは、東条の側近の陸軍次官木村兵太郎《へいたろう》中将である。

木村が体を開くと、秘書官を引き連れた東条が入ってきた。

参集者たちに座りなさいとばかりに手のひらを上下させ、東条は自分も椅子に座った。

「ちょっと厄介なことになりました」

座るなり東条が言った。

滅多なことでは動じない東条の眉間に深いしわが刻まれているのを見て、参集者たちもただならぬ事態が起きたらしいと悟った。

「……ドイツが、ソ連対して揺さぶりをかけてほしいと言ってきたのです」

「そんな！」

「えっ？」

「それは！」

参集者の反応は、一つではなかった。

一瞬でその意味を理解した者もいるし、飲み込めずに訝しげな表情をした者もいるし、言っていることはわかったがどう対応すべきかがわからない者もいた。

「そ、それは、我が国にソ連を攻めろということでしょうか」

真田作戦課長がおそるおそる聞いた。

「攻めろ、とは言っておりません」

東条が真田を見る。

東条は意識していないかもしれないが、その目には人の心を凍らせる力があった。

「な、なるほど。そうですよね」

真田は肩をぷるぷるとさせ、首筋を押さえるようにして口を閉じた。

「しかし、同じことかもしれません。たとえ攻め込まなくても、下手に突ついただけでソ連は過剰反応を起こすでしょう。逆に、攻め込んでくる可能性は相当に高いと判断できます」

「でしょうな。それでなくても関東軍の若手佐官の一部が盛んにソ連戦をがなり立て、そ奴らの醸《かも》し出す緊張が相手に伝わっているという話もある。膨らみきったゴム風船は、針一本で爆発する」

杉山が、唸るように言って荒い息を吐く。

「無茶です。ドイツの言っていることは無茶苦茶ですな！」

田辺参謀次長が、ポケットからハンカチを取り出して額の汗を拭いた。

「せめてアメリカ戦の片《かた》が付いた後ならこちらとしても動きようがありますが、現時点でソ連と戦争など始めたら、皇国は持ちませんよ」

喧嘩っぱやく向こう見ずな性格で有名な佐藤軍務局長だが、頭は切れる。

「ともあれ、ソ連はいじらない。そういうことですね、君の考えは」

「私はそう思います」

「そうした場合、ドイツは我が国に対してどう出てくるでしょう？　三国同盟の同盟国である日本にです」

田辺が言う。

「それだ。それが問題だぞ」

杉山参謀長が、渋面《じゅうめん》を作った。

三国同盟締結で重要な役割を務めただけに、杉山はドイツを無視することはできない。

「わ、私は無視すべきだとは思いませんが、ここはやはり、その、丁重に断わるべきではないかと思うのですが」

言葉を探りながら、田辺参謀次長が言った。

「そう簡単にはいかんだろう。信義というもんがあるからな。ドイツは同盟国なんだぞ。軽々しくは扱えん」

杉山が憮然《ぶぜん》たる表情になった。

「それはそうですが……」

上司の言葉に、田辺は再びハンカチで額の汗を拭った。

「ドイツを軽々しく扱うかどうかは別として、ドイツが我が国と同盟を結んだことには、いろいろな意味があるでしょう。私は、一番の理由は我が国にソ連を牽制させるつもりだったのだと考えます。その点、総長はどう思われますか」

佐藤軍務局長が聞いた。

「否定はせんよ。ドイツにすれば、連合国と戦っているときに背後からソ連に攻撃を仕掛けられれば厄介なことになる。だからソ連がドイツに対しておかしな動きをすれば、同盟国の我が国が今度はソ連の背後を襲うぞと脅《おど》しをかける。それをドイツは望んでいた」

杉山の太鼓腹が、貧乏揺すりで揺れている。

「しかし、ソ連に対して仕掛けたのはドイツでしたよ」

真田作戦課長が、周囲に気を遣うように言った。

「そうなんだよ、真田。それが要点だ。開戦当初の電撃戦の大勝利で、連合国との戦いは短期で決着がつくはずだとヒトラーは判断した。ならば余勢を駆ってソ連も一気に叩き潰してやろう。背後には同盟国の日本もいるからソ連は動きが鈍いはずだ、とヒトラーは考えたんです。

しかし、そこでドイツは読みを誤りました。一気に叩き潰せるはずだったソ連に苦戦し、今や引くに引けない泥沼状態になっているようです」

佐藤軍務局長が分析した。

「そこでドイツは考えた。ここは日本に動いてもらおうと……ですね、佐藤軍務局長」

　真田が、佐藤に追従する。

「同感だよ」

「それはしかし当然だろう。同盟国なんだから。それに、正直なところ我が国にも似たよう読みがあったんだぞ。俺たちがイギリスをアジアから追い出せたのは、ドイツとイギリスが戦っていたからだ。イギリスがドイツ戦でアジアにまで手が回らなかったというのは、大きい。その意味で、俺は三国同盟は我が国にとっても正しい選択だったと、今も思っている」

　どうだ、とばかりに杉山が胸を張った。

「要するに、五分五分ということですね」

「同盟とはそういうもんだろ、佐藤」

　杉山がやや怒気を含んだ声で言った。佐藤の言い方が気に入らないのだろう。

　しかし佐藤も引く気はないらしい。

「その通りだと思います、総長。しかし、お怒りを覚悟で言えば、同盟あるいは条約の類は常に破られる危険をはらんでいます。いえ、歴史を見れば、破られるために結ばれるのではないかと思うほど、それらは軽く扱われております。

たとえば、ドイツとソ連の間には確か条約があったはずです。だが、両国は戦っている」

「日本はそういう汚い真似はせんぞ、佐藤！」

案の定、杉山が顔を紅潮させて怒鳴った。

「無理です」

佐藤が突っ放す。

「なに！」

杉山が体を起こす。

「同盟や条約は、究極的に言えば自己の利益の目的によって結ばれるものです。当然、状況が変わり同盟や条約を結んでいることがその利益に反することになれば、たちどころにそれはただの紙っぺらに変わります。それでもなおそれを信じれば国が滅びます」

「まだ言うか！」

「総長。冷静に」

それまで聞くだけだった東条が、発言した。

「わ、わかっている……」

東条に言われて矛《ほこ》を収めたが、杉山は悔しそうに佐藤軍務局長を睨んだ。

「そして、今回のドイツの要求こそがそれに当たります。ソ連にちょっかいを出せば、我が国は窮地に陥る。同盟を結んでいるがゆえに、我が国は亡国の縁に追いやられるのです。ならば同盟はいらない、私はそう思います」

佐藤はなおも言う。

反論しようとした杉山を手で制止し、

「破った場合、ドイツはどう出てくると思うかね、佐藤軍務局長……」

東条が聞いた。

「破る必要はないと思います。同盟はまだ続ける。しかし、今回のことはできない。それでもドイツがそれを強《し》いるなら、そのときこそ同盟破棄を考えるべきかもしれませんが」

佐藤がキッパリと言った。喧嘩屋は、誰が相手でも喧嘩するときはするのだ。

「私も、佐藤軍務局長と同感です。もし断わったとしても、ドイツに同盟破棄はできないと思います。なぜなら、同盟を紙っぺらにして困るのはドイツのほうでしょう。日本によるソ連牽制のたがが外れれば、ソ連はこれまで以上に対独戦に戦力をつぎ込めるからです」

真田がチラチラと杉山に視線を向けながら言った。怖いけど言いたいことは言ってしまおう、という考えである。

「やり方次第だが、今度のことを蹴ってもドイツは我が国に対して報復はしてこないと、佐藤軍務局長と真田作戦課長は言うのだね」

「はい。ただし、首相もおっしゃったようにやり方が問題になると思います。たとえば、見返りにドイツが欲しているものを提供するなどということが、考えられます」

「なるほど……それはいいかもしれませんね」

東条が言い、杉山を見た。

「総長のご意見は？」

「まあ、ドイツとの関係が壊れないというのであれば、私も納得しましょう」

不承不承《ふしようぶしよう》の様子だったが、東条の気持ちが佐藤たちに流れているのを感じて、杉山が言った。

だが、東条の気持ちが佐藤たちに流れたというのは正しくない。

東条は、すでにこの会議が始まる前から、佐藤と真田が出したのとほぼ同じ結論を導き出していたのである。

でありながら、あえて杉山や佐藤らを呼んで議論させたのは、東条にすれば確認に過ぎなかった。

だからもしこの会議が別の方向に向かったとしたら、東条の発言はもっと多くなったはずである。もちろん、自分が導き出した結論に誘導させるためにだ。

呼び寄せた者たちを帰し、部屋には東条と側近である木村次官、それに秘書官が残った。

「木村次官。駐独大使と連絡を取って、ドイツが今欲しがっているものを探ってください」

「承知しました」

「ご苦労さま」

木村を帰し、東条は秘書官に肩を揉ませた。

年だと思いたくないが、肩が凝りやすくなったのは否定できなかった。

杉山と同様、東条も三国同盟自体が誤りであったとは思わない。

だが同時に、佐藤の考えも正しいと思っていた。

（永遠に続く同盟などしょせんない。問題は、いつ、どのように同盟を破るかだけだ……）

東条は思った。

そしてこれはヒトラーもまったく同じように思っているはずだと、東条は確信していた。

国を背負うとはそういうことだと、東条は疑わなかった。

「日本から、何か言ってきたか」

ドイツ第三帝国総統アドルフ・ヒトラーが、外務省の極東アジア担当官を呼んで言った。

「まだであります」

「あまり遅いようなら、少し脅しをかけてやればいい。極東の劣等民族なんかに遠慮はいらん」

「承知いたしました、総統閣下。タップリと脅してやります」

「まあ、もっとも、私は日本がソ連に対して何かができるなんて思っていないがな」

「は?」

「できるはずはない。すれば日本は滅びる」

「それをご承知で、わざと」

「忘れさせてはいけないんだよ。日本にドイツの恐ろしさを。三国同盟などと言ってはいるが、あれは同等の同盟ではないんだ。日本とイタリアに対し、ドイツと同盟を組めたという名誉を与え、奴らの力をドイツのために働かせるための同盟なんだよ」

「はい」

「以上だ」

きびすを返した担当官を、ヒトラーが呼び止めた。

「何かまだご用が」

「海軍のほうから、青島の東洋艦隊の指揮官が『大和』とかいう空母に、空母の運用術を学ぶために乗船したいと言ってきている。古手の海軍の将軍の中には空母を認めぬ者もいていろいろ言ってくるが、私は、空母はこれからの海軍にはなくてはならないと判断した。

従って、それを許可したい。そして、少しでも多く日本から盗ませたいと思う。海軍の担当に君から連絡して、東洋艦隊指揮官を『大和』に乗船させるように手配したまえ」

「承知いたしました」

天才的カリスマ、恐怖の独裁者、荒ぶるゲルマン民族のリーダー。とはいえ、本人さえ気づいていないが、アドルフ・ヒトラーは地獄の水先案内人であった。

ヒトラーを憎悪し、恨み、滅ぼそうとする者たちにとっては当然だが、彼を愛し、尊敬し、喝采し、与えた者たちにとっても、ヒトラーは地獄の水先案内人だったのである。

そしてヒトラー自身が愛した祖国もまた、地獄へ墜ちる秒読みに入っていることを、まだ誰も知らない。

『5』

南方作戦の終了後、占領地を担当したのは、第一南遣艦隊（マレー・インドシナ担当）、第二南遣艦隊（インドネシア担当）、第三南遣艦隊（フィリピン担当）である。

これらの艦隊は、占領地に駐留して治安維持や沿岸防衛などを任務としており、連合艦隊麾下《きか》の艦隊とは違って、根拠地隊や小艦艇、特設艦艇、そして基地航空隊などによって編制されていた。

当然、イギリス艦隊（艦隊の規模にもよるが）が襲来してきても、まともに戦えるはずもない。

また、先年、三艦隊を統合的に運用するために南西方面艦隊が新設され、三艦隊はその隷下《れいか》に入っていた。

トラック泊地を出た『大和』超武装艦隊は、一度内地に呼び戻されて呉港に投錨《とうびょう》した。

その後、再び出撃すると、フィリピン海を経由してマカッサル海峡を抜け、南西方面艦隊司令部のあるジャワ島のスラバヤに至り、そこで協議をしてから北上し、根拠地と決められたリンガ泊地に入ったのは一月の下旬だった。

それから三週間、『大和』超武装艦隊は、リンガ泊地から北はアンマダ海、南はジャワ海、西はインド洋を、回遊魚のようにイギリス艦隊を求めて回り続けた。

だが、イギリス艦隊が来る気配はまったくなかった。

「参りましたね」

双眼鏡で海原を見ながら、仙石隆太郎参謀長が欠伸《あくび》でもしそうなのんびりとした調子で言った。

『大和』超武装艦隊は、連合艦隊の中でも戦闘艦隊の最右翼である。それがほとんど変化のない航海を続けているのだ。それこそ欠伸が出ても不思議はない。

「転戦を進言するよ」

竜胆啓太長官は我慢強い男だが、その彼をしてもこの任務は堪えられなかったのだろう、ウンザリの顔を隠しもせずに言った。

長官の言葉に、司令部員たちは歓声で応じた。

ところが、リンガ泊地に戻ると『大和』超武装艦隊には新しい任務が待っていた。

陸軍航空部隊が企《くわだ》てた〈オーストラリア本土空襲作戦〉の支援をせよというのだ。

本来この方面は海軍の分担で、これまでにも何度か海軍基地航空部隊を主力とする部隊が、北部および東部オーストラリア空襲を実施している。

その際に艦隊が出撃したことは、ほとんど無い。この方面のオーストラリア海軍の戦力は沿岸警備用の小艦艇ばかりなので、わざわざ艦隊が出向く必要などなかったからである。

この方面に陸軍の航空部隊が進出してきたのは、先年の秋で、海軍の基地航空戦力ではラバウルとガダルカナル方面の対応だけでアップアップしてきたからだ。

進出してきてからの日本陸軍航空部隊の活躍はなかなかのもので、海軍が行なっていたオーストラリア方面の空襲も繰り返され、戦果もそれ相応に上げていた。陸軍航空部隊も鼻高々である。

もっとも、海軍のベテランに言わせれば、

「あの方面の敵は軟弱だからな。オーストラリア空軍の戦闘機はイギリス軍のお古だし、アメリカ陸軍航空部隊の配属機も旧式が多い。まあ、勝って当然だろう」

ということになる。

その読みは正しいだろうと、『大和』超武装艦隊航空参謀牧原俊英中佐は分析した。

陸軍が海軍に支援を求めてきた理由は、前回の空襲時にアメリカ海軍の搭載機が攻撃してきたためで、それはとりもなおさず近くにアメリカ海軍の機動部隊がいる証《あかし》であった。

陸軍には機動部隊に対する備えがないので、海軍の支援を要請したのだ。

「それが間違ってるとは言いませんが、それ以上に、前回の攻撃時にうちの陸軍の戦闘機が結構やられたんだと思いますよ」

牧原が解説する。

「F4F『ワイルドキャット』ならともかく、あのF6F『ヘルキャット』に対しては、非力な一式戦闘機『隼《はやぶさ》』では荷が重かったでしょう」

天風や零戦が二〇ミリもしくは三〇ミリの機関砲を搭載しているのに対して、陸軍の主力戦闘機である隼は一二・七ミリ機関砲しか備えていないのだ。

アメリカ軍の艦戦も主力は一二・七ミリだったが、こちらは搭載している数が違った。

「要するに、数が足りないということか」

「まあ、陸軍さんが本当のことを言うとは思えませんけど、俺はそう読みますね」

「牧原航空参謀の読みは、いいと思うよ。プライドが高くて、こっちと張り合ってばかりいる陸軍航空部隊が、恥を忍んで支援を求めてきたんだ。そういう理由ぐらいしか思いつかんもんな」

仙石参謀長が、牧原に賛同した。

「まあ、俺の場合は陸軍さんの事情なんかどうでもいいがな。いるかいないかもわからない幻のイギリス艦隊を追い回してるなんざ、もう金輪際《こんりんざい》お断わりさ」

吐き捨てるように言ったのは、『大和』艦長柊竜一大佐である。

柊の言葉に、司令部員が一人残らずうなずいた。

出撃の準備をしている『大和』に、客が現われた。いや、正確に言えば新乗組員である。

前ドイツ東洋艦隊指揮官のゲオルグ・コルビッツ少将と彼の参謀二人だった。

通訳を勤める小原通信参謀がコルビッツの挨拶を通訳した後、コルビッツが日本語で「どうぞよろしく」と言ったので、『大和』の艦橋は割れるような拍手に包まれた。

機動部隊に対し素人のドイツ人提督とその参謀は、文字通りしばらくはお客さんとして、艦橋であらゆることを学ぶことになっていた。

『大和』超武装艦隊がリンガ泊地を出撃したのは、ドイツ人が乗り込んだ二日後のことである。

今回の作戦で陸軍航空部隊が爆撃を予定している目標は、北部オーストラリアの街ポート・ダーウィン近くにあるオーストラリア空軍基地であった。

アラフラ海に進出した『大和』超武装艦隊からは、一六機の零戦隊と一二機の九九式艦爆、四機の零式艦攻、四機の九七式艦攻が飛び立った。

アラフラ海南方上空で、『大和』超武装艦隊攻撃部隊は一二機の隼に掩護《えんご》された一〇〇式重爆撃機『呑龍《どんりゅう》』一二機で編制された陸軍攻撃部隊と合流した。

日本陸軍空襲部隊の襲撃に成功したレイモンド・A・スプルーアンス少将麾下の第18任務部隊は、オーストラリア政府から多大な感謝を受けた。

マッカーサーの時代にも日本陸軍航空部隊による攻撃はあったが、オーストラリアのためにアメリカ海軍の艦隊が反撃したことはあまり無かったのである。

オーストラリア政府はマッカーサーに海軍戦力の出動を何度も要請し、マッカーサーは連絡していると言ってはいたものの、オーストラリア政府としてはアメリカ海軍に悪感情さえ持っていた。

ところがそれがマッカーサーの策謀だったと判明し、すぐに戦果を上げて見せた第18任務部隊に対して、オーストラリアはスプルーアンスたちに予想以上の感謝の気持ちを見せた。

だが、大きな感謝の裏には大きな期待が隠れている。

海軍の、ましてや第18任務部隊には関係ないことなのだが、マッカーサーという人間を通して、アメリカはオーストラリアに迷惑をかけた。その負い目がスプルーアンスたちにはあったのだ。

その思いが第18任務部隊を東奔西走させたのである。

「少しサービスをしすぎかもしれませんね。提督らしくありませんよ」

第18任務部隊参謀長のトレバー・キーン大佐が、からかうように言ったほどである。

「らしくないのは私が一番わかってるさ。まあ、スタートに失敗したようだね」

「カーティン首相との会談ですね」

「ああ。知り合いに感じがちょっと似ていたものでね、つい親しい気分になったんだ……それで、どうにも曖昧な対応になってしまったものだから、この結果だよ。皆にも迷惑をかけているようだね」

スプルーアンスが小さなため息を漏らした。これもまた、らしくない。

だがキーン参謀長たちは、スプルーアンスを恨む気持ちを無くしていた。

冷静で、論理的で、合理的で、言葉は悪いがどこか機械を思わせるスプルーアンスが、決して機械ではないことを知ったからである。

「お気になさらないでください、提督。ご命令なら地獄にまで飛び込んでゆくのが部下ですから。そうだろ、みんな」

司令部員たちがうなずいたときだ。

「提督。ダーウィンが爆撃を受けています！」

「くそっ。先日のことがあるから今度は別の場所だと思っていたが、裏目に出たようだな」

スプルーアンスが唇を噛んだ。

第18任務部隊がいるのは、ダーウィン東方七〇〇マイル（およそ一三〇〇キロ）のトレス海峡である。

アメリカ海軍搭載機には、往復一四〇〇マイル（これは直線距離だから、実際の飛行距離はこれをはるかに超える）の航続距離を持つ航空機はなかった。

ズガガガ————————ン！
ズガガガガァ————————ン！
戦闘機の掩護がなくても攻撃可能な重装備を目標に製造された『呑龍』は、全長一六・八メートル、全幅二〇・四二メートルと、海軍の一式陸攻に比べれば一回り小型だが、一二五〇馬力のエンジンを二つ積んだ双発機である。
最大速度四九〇キロ、航続距離は二〇〇〇キロから三四〇〇キロだった。

爆弾は七五〇キロ爆弾なら一、二五〇キロ爆弾なら三（最大積載量は一〇〇〇キロ）が標準だった。

そして自慢の武装は、二〇ミリ機関砲一門、七・七ミリ機銃五挺である。

ダダダダダッ！

ズガガガガガッ！

これまで何度も日本軍の空襲を受けているだけに、ここの対空砲はそれなりに激しい。

一機の隼が五〇ミリ機銃の餌食《えじき》になって、吹き飛んだ。

そのとき、隼を葬《ほうむ》り去った機銃座に向かって九九式艦爆が急降下してゆく。

ウォ――――――――ン。

プロペラが唸り、機体と翼が激しく揺れる。

ドドドドドッ！

ババババババッ！

砲弾と銃弾が、徐々に大きくなる機体を突き刺そうと咆吼《ほうこう》する。

「射《て》――――――ッ！」

九九式艦爆の操縦員が絶叫する。

ほぼ五〇〇メートルの高度から放たれた二五〇キロ爆弾が、五〇ミリ機銃砲座に吸い込まれた。

ドグワァァ――――――ン！

火球が一瞬にして砲座を包み、破片が周囲に飛んだ。

血を噴き出す兵の残骸もある。

零戦と隼も、敵の航空戦力が薄いのを確かめると地上に向かって機銃掃射を敢行した。

ビュッン！　ビュッン！　ビュッン！

機銃弾が砂塵《さじん》を上げ、建造物をえぐる。

ズッガガ――――――ン！

根本を爆撃された監視塔が、横倒しに倒れた。

滑走路の上空は、黒煙と白煙が入り交じり舞っている。

どこから湧いてきたのだろう、二機のスーパーマリン『スピットファイア』が、反転しながら隼に迫る。

しかし抵抗もここまでだ。

零戦の三〇ミリ機関砲を主翼に喰らって、『スピットファイア』は滑走路に激突した。

ガガガガガッ！

ピッピィピッ！

滑走路を滑る『スピットファイア』の機体から火花が飛んでいる。

グワァ――ン！

宿舎に激突した『スピットファイア』が飛び散って、炎が宿舎を燃やす。

「ちっ、悔しいが、海軍野郎、やりやがるぜ」

隼隊の隊長が鮮やかな零戦隊攻撃を見て、悔しそうに言った。

それも当然である。

零戦隊は海軍にいくつもあるが、『大和』飛行隊分隊長綾部中也中尉が率いる隊は、海軍一と言って間違いない実力派だったのだ。

次々と『大和』に着艦する攻撃機を、コルビッツ少将は興奮して見ていた。

攻撃機の離着陸そのものを見るのは初めてではない。『大和』超武装艦隊の中型空母で、訓練風景をすでに見ていたのである。

しかし、今日見たそれは明らかに別物だった。

航空兵たちの冷たいまで張りつめた緊張。

整備兵たちの命を込めた怒号と動き。

そして、静かに励ましと祈りを込めて送り出す艦橋の者たち。

そこには命の輝きがあり、戦う者たちの鎮魂があった。

息をすることさえ忘れてしまいそうなほど、コルビッツ少将は離着陸を見つめていた。

「見たな」

コルビッツ少将が、東洋艦隊から伴ってきた二人の参謀を見た。

二人の参謀は言葉を忘れたかのように、うなずいた。

「ドイツ海軍にもこの日がやってくる。紺碧《こんぺき》の海から蒼い空に攻撃機を見送る日がだ。そのとき私は、こうして空母の艦橋にいたい。いや、いてみせる。ゲーリング国家元帥がこれまで我がものとしていた航空機は、すでに空軍だけのものではなく、この『大和』で学んだ四人のパイロットが新しきゲルマンの鷲たちを教育しているのだ」

コルビッツが熱い口調で言った。

「指揮官。私もそのときは指揮官の横に立っていたいと思います」

参謀の一人が、コルビッツに負けないくらいの熱い息を吐く。

「私もです、指揮官」

もう一人が言った。

すでにコルビッツ少将は東洋艦隊の指揮官ではないのだが、二人の参謀はそんなことさえ頭から消し飛んでいたのだろう。

「コルビッツ少将。今日の戦いの模様を直接パイロットに聞いてみますか」

通訳を務めている小原通信参謀が言った。

「よろしいのですか」

「今すぐというわけにはいきませんが、後《のち》ほどご案内できるでしょう。彼らの行動、作戦、心の動きを生《なま》でお聞きになることは、きっとあなた方にもお役に立つと思います」

「お願いします、小原通信参謀。少しで多く、少しでも深く、私は学びたいと思っています」

コルビッツが深々と日本式の礼をした。

二人の参謀が、それにならった。

それは、翌日の午後に実現する。

小原通信参謀は、その座に牧原航空参謀を連れてきていた。

通信参謀の彼には航空戦における専門的な知識がなかったため、牧原の助けを借りようとしたのである。

しかし、コルビッツたちも航空戦についての専門知識など持っていなかったのだから、聞くべきことがわからない。

牧原はそれをいち早く悟ると、航空戦のイロハを解説し始め、その合間に、呼ばれていた綾部中尉とその部下たちの生の声を挟んでいった。

このやり方は実にうまくいき、二時間に及んだ座はさながら航空学校のようだったと、後に小原は語っている。


『大和』超武装艦隊と陸軍航空部隊の合同作戦は、この後三度あった。

場所はすべて違う。

そして第18任務部隊は、いずれの場合も、阻止や迎撃ができなかったのである。

「戦力が足りないな」

スプルーアンス少将は、そうつぶやくしかなかった。

「オーストラリア海軍に、空母を貸与すべきではないでしょうか。イギリス海軍には行っているんですから、できない話ではないと思うんですがね」

キーン参謀長が言った。

「考える余地はあるな。一艦隊までは貸与はできないだろうが、我が部隊の補助部隊として、もう少しましな部隊がオーストラリア海軍にあってもいいかもしれない」

スプルーアンス少将も、同意を見せた。

第四章　ガダルカナルの地獄

『1』

「戦車が浮いている」と表現したのは、海軍超技術開発局（超技局）の若手技官である。

それを、言い得て妙だと言ったのは、超技局艦船開発部長源由起夫海軍技術少将であった。

内火艇（上陸用舟艇）の底から強い空気を噴き出して船体を浮上させ、船体後方のプロペラによって推力を得るという画期的な内火艇を開発したのは、源の部下で船体開発課の課員山茶花《さざんか》次郎技術大尉であった。

船体が浮くということが何故それほど画期的かと言えば、山茶花の開発したこの内火艇が水陸両用であるということだ。

水陸両用の上陸用舟艇自体は、例がないわけではない。スクリューで推進する舟艇に、陸上では車輪やキャタピラをつけて走ることで、それを可能にしたものが存在するからだ。

しかし、それらと山茶花の開発したものとの決定的に違う点は、まずスピードだ。戦場はたいていの場合、道路のように平坦ではない。そんな場所を車輪やキャタピラで走っても、その速度はたかが知れている。

だが、浮いて、プロペラによって推力を得る山茶花の内火艇は、車輪やキャタピラのそれより数倍の速度で走ることができるのだ。

理論的には、この技術によって浮いて走る空母、巡洋艦、駆逐艦も建造は可能だったが、

「燃料のことを考えると効率的ではありませんし、荒い波に弱いという欠点があります」

と、山茶花は否定した。

そして、内火艇は普通、艦艇に収納されていて、上陸地に近づいたときに艦艇から出て上陸地に向かうのだが、山茶花の内火艇は独立した艦艇としてかなりの長距

離を自走できた。

また、それを発展させることによって、水陸両用の魚雷艇や海防艦への転用も考えられる。

幸いだったのは、強力な発動機（エンジン）が発動機課から提供されたことで、建造費が意外に廉価だったことだ。

「山茶花。これをただの内火艇として使うのはもったいないかもしれんな」

源が言った。

「生憎《あいにく》私は、武器の類《たぐい》はどうも苦手で」

山茶花が頭を掻く。

「知ってるさ。正直なところ、お前がいつやめるか、いつやめるかと、俺は見ていたんだ。うちは一応超技術開発を謳《うた》っているが、たいていの奴が武器や兵器を考えている。しかし、お前は少し違っていた。この内火艇だって、本来は内火艇ではなかったんだろ」

「す、すいません。でも、武器風じゃないと皆さん認めてくださらないんで……」

「そんなことはないさ。もう一度言うぞ。うちは超技局であって、武器開発局じゃない。だからお前は、武器を意識せずに好きな分野で開発を続ければいい。その代わり、一つ条件がある。お前の研究を使わせてもらうことがあってもいいか、ということだ」

「と、おっしゃいますと？」

「たとえばこの内火艇だ。俺はこれを見た瞬間、もっと別のものとして生かしたい気がしてるんだ。まだ何にすると決まっているわけじゃないが、もっと別のものにな。もちろんこの基本的技術がお前のものであることは、ちゃんと説明する。その上で、使わせてもらえないかということだ」

「そんなことは全然かまいませんよ、部長。私の足りない部分を部長や他の人が利用したいというのであれば、どうぞどうぞ、です。そんなことでここにまだ置いていただけるのなら、私はそのほうが嬉しいんですから」

「よし、決まった。それじゃあお前のこの技術、俺が借りるよ」

源は自分でも言った通り、まだこれをどうしようかという具体的なものがあったわけではない。

ただ、ヒントはあった。「戦車が浮いているみたいだ」というあの言葉だ。

(『大和』に使えそうな気がする)

そう思って、源は苦笑した。

超弩級《どきゅう》空母『大和』は、自分の最高の作品だと思っている。

そして今では、源がつぎ込めるすべてをつぎ込んでおり、もう手放してもいいだろうと思う。新しい技術は他の者でも導入できるのだからと。

しかし、他の仕事を始めても、『大和』とはまったく別の分野で開発をしようとしたものが、いつの間にか『大和』には利用できないかと、無意識に考えている自分がいるのだ。

今もそうだ。「戦車が浮いている」という言葉から浮かぶのは陸軍ための技術開発なのだろうが、やはりここでも源は『大和』ならと思っているのだ。

無理なのかもしれないなと、源は思った。

(俺は結局『大和』にこき使われるようにできているのかもしれん。ならばそれで腹をくくろうか。『大和』は最後まで俺が作ると)

そう決めた瞬間、源は気分がずっと楽になった気がした。

『大和』から離れようとしていた自分が、滑稽な気もする。

源は突然、横須賀港に行きたくなった。

『大和』がいるわけではない。

ただ、そう思ったのだ。

そして内火艇が、戦車に代わるのだ。

海の戦車に。


『2』


カーライズ造船がカリフォルニア州の軍港都市サンディエゴ郊外に造った造船所は、昼夜に渡ってライトを落とすことがなかった。

ザザザ――――ッと、灼熱紅蓮《ぐれん》と化した鉄が川のようになって流れていく。

ダーンダーンダーンダーンと鉄のハンマーが激しく打たれ、火花が散る。

職人が走り、工人が汗を拭《ぬぐ》う。

残業に継ぐ残業で、働く者たちには不満が溜まっている。

しかし今、彼らが建造している艦が、ひょっとするとアメリカの歴史を変えるかもしれないと知れば、不満も少しは収まったかもしれない。

ワシントンにある支社から飛んできたカーライズ造船の専務ドナルド・ハントは、手にしたスケジュール表を見ながら眉間にしわを寄せていた。

スケジュールの遅れは、まだ目くじらを立てるほどのものではない。しかしこの時期のわずかな遅れが重なっていけば、最終的には致命的な遅延となる可能性があるのだ。

その遅延は、そのまま新興造船会社カーライズ造船の致命的な失速につながるだろう。

大手造船会社から引き抜かれて専務の座を得たハントにとっても重要な仕事だが、ハントの目には次の巨大空母が視野に入っている。

今建造している双胴艦空母はギリギリの建造費で受けたものだから、カーライズ造船にうま味は少ない。大きな賭けを生み出すには、巨大空母を絶対に受注しなければならないのである。

「人は増やせないのかね」

ハントは、隣にいる工場長を見た。

「募集はしているのですが、こちらの動きに気づいた競争相手が急に人を集め出したのです。すでに人件費は予算を上回っていますが、それでもかまわないのなら強引な手を使えますが」

工場長の言葉に、ハントは顎に手を添えて考え始めた。

数字がカチカチと頭の中で弾かれてゆく。

「一〇パーセントだ。それで集めてくれ。きついことはきついが、期日は絶対に間に合わせなければならない。カーライズ造船が、生き残るためには、発展するためには、それ以外にないんだ」

ハントの鋭い目に圧倒されるように、工場長がうなずいた。

アメリカ合衆国艦隊司令長官兼海軍作戦部長のアーネスト・J・キング大将は、自分の執務室にやってきた意外な人物に手を差しだした。

意外な人物、すなわちジョージ・C・マーシャル陸軍参謀総長が、キングの手を握った。

キングはマーシャル参謀総長を応接室に誘い、座ると同時に、

「大変だったようですね」

と言った。

マーシャルは小さく笑っただけである。

マッカーサーの事実上の更迭後、後任を誰にするかで、マーシャルとヘンリー・L・スチムソン陸軍長官の間に激しい駆け引きがあった。

マーシャルは能力で選ぶべきだと主張したが、スチムソン長官はマッカーサーの

ときと同じように情実人事、すなわち自分にとって使いやすい人物を推してきたのだ。

スチムソンもマーシャルが抵抗してくることは予想していたらしく、これまでの対決姿勢を改めて懐柔策をとった。

スチムソンがそうせざるを得なかったのは、マーシャルの人気が上がっており、対決姿勢では周囲の反感が増すと読んだからである。

しかし、スチムソンの懐柔策はことごとく失敗した。

「あなたの指名する男では、アメリカは負けますよ。そのときあなたは責任が取れますか。アメリカの全国民があなたを売国奴と罵るでしょう。あなたはそれに耐えられますか」

マーシャルの主張は、一貫してこれだけだった。

「同じ質問を返そう。君はどうなんだね？」

スチムソンの問いに、マーシャルは平然と言ったという。

「イエス。すべての責任を私は取るつもりです」

スチムソンはこれで負けた。彼には自分の推す男にそれほど自信がなかったし、残りの職を不名誉で汚したくなかったのである。

マーシャルのキングへの訪問もこのことに関連していた。

マッカーサーとニミッツの間に交わされた陸海軍の協力態勢を、改めて確認することであった。

「マッカーサー大将の取った海軍に対する無礼な行動に対しては、陸軍を代表して私がお詫びします。そして後任であるジェームズ・B・トンプソン大将は、海軍を裏切らない人物であることを、私が保証いたします」

「承知いたしました。こちらとしても、これ以上マッカーサー大将があの座にいられた場合は、協力態勢をとり続けるのが難しいだろうと考えていました。非常によいタイミングだったかもしれません」

キングが応じた。

「ありがとうございます。ただ、まったく気がかりが無いわけではありません。というのは、マッカーサー大将は形としては勇退ということになっているからです。更迭であれば彼が復活することは考えられないのですが……」

「復活？　マッカーサーが？　失礼、マッカーサー大将が復活する可能性があるというのですか」

キングが驚いたように言った。

マッカーサーという男が、恥知らずで自己中心的な性格を持っているということはずいぶんと聞かされてきたが、この期に及んでまだ表舞台に出てこようとする人間だとは、信じられなかったのである。

「作戦部長も、マッカーサーという人物が常識で判断ができないことをご存じでしょうが、彼はその予想以上の男です」

マッカーサーから受けた屈辱の数々を思い出したのか、マーシャルの言葉にはいつもとは違った熱のようなものがあった。

「なるほど……そうなのですか」

「もちろん私は全力でそれを阻止するつもりではいますが、あの人はある意味、人を引き込む天才なのです。それはたぶん……」

そこでマーシャルが言い淀んだ。

「詐欺師ですね」

キングが生《なま》の言葉を吐く。

マーシャルは苦しそうにうなずいた。

「了解しました。海軍が何をできるのかこの場でお答えすることはできませんが、参謀総長のお力になることをお約束します」

キングが断言し、マーシャルが大きくうなずいた。

「それで、トンプソン長官はいつオーストラリアに？」

「長い空白はむろん避けねばならないのですが、トラブルのために準備がまだ整っていませんので、四、五日後になると思いますが……それが？」

「実は、我が海軍からオーストラリア海軍に対して空母と数隻の駆逐艦を貸与してはどうかという話が進んでいます。そのことをトンプソン長官のほうからオーストラリア政府にお話ししていただければ、と思ったのです。もちろん陸軍のアイデアとしてですがね」

マーシャルの顔に、喜色が広がった。

長官が代わったとしても、オーストラリア政府のアメリカ陸軍に対する態度はしばらくは硬いものだろうと、マーシャルは覚悟していた。マッカーサーはそれだけのことをしてきたのだ。

マーシャルはトンプソンに、地道に信頼を回復していくしかないと言ってあったが、トンプソンの口から今の話が伝えられれば、オーストラリア政府のアメリカ陸軍に対する信頼の回復はずいぶんと早まるだろう。

「しかし、よろしいのですか、陸軍のアイデアであるように言ってしまって。アイデアを出された方が不愉快になるのではありませんか」

「かまいません。この際大切なことは、オーストラリア政府からの信頼回復です。両軍が揃ってオーストラリアから信頼されなければ、我が合衆国のこれからの作戦がスムーズに行くはずはありませんからね」

「ありがとうございます。それではそのようにさせていただきます」

マーシャルが再び手を出した。それを、キングが握った。


ワシントンからの指示に、太平洋艦隊司令長官チェスター・W・ニミッツ大将は複雑な笑みを浮かべた。

スプルーアンス少将のことだ。これくらいのことでヘソを曲げることはないだろうが、いい気持ちはしないかもしれないと思ったからだ。

「ハルゼーでは駄目だったかもしれない。手柄を取られたかどうかというより、ハルゼーの場合、陸軍をまるで信じていないんだからな」

ニミッツはまた小さく笑うと、オーストラリアに進呈すべき艦の選定に思いを向けた。

正直に言って、現在の太平洋艦隊には余っている空母など無かった。いっぱいいいっぱいだと言ってもいいだろう。

かといって、それこそ老朽艦や力のない艦を貸与したのでは、オーストラリア政府の信頼を裏切るだけだ。

「軽空母だろうな……」

ニミッツは、執務室の窓からパールハーバー基地を見下ろした。

そこには新しくやってきた二隻のインディペンデンス級軽空母が錨《いかり》を下ろしていた。


『3』


ドイツに空母を送ってはどうかと提案してきたのは、陸軍省軍務局長佐藤賢了少将である。

「何も新鋭艦を送る必要はありませんよ。旧式のでいいでしょう。空母を持ったことがない今のドイツ海軍には、どうせわかりっこありませんしね。それで文句がありゃ、啖呵《たんか》の一つでも飛ばしてみせますよ、私が」

喧嘩屋の評判を示すように、佐藤は言い飛ばした。

悪くはないと、大日本帝国首相東条英機陸軍大将も思った。

現在ドイツは空母を建造中であるが、あまり順調とは聞いていない。

しかし、超弩級空母『大和』に、空母のことを学ばせようと前ドイツ東洋艦隊の指揮官を乗り込ませたというから、空母に対する要求が高いことは間違いない。

海軍を説得をするのは難しいかもしれないが、それはなんとかなると東条は踏んでいた。

だが、東条には気になることもあった。

それは、ドイツに一時期のような勢いが感じられなくなっていることだ。

第二次世界大戦勃発当初、ドイツ第三帝国は一年もあれば全ヨーロッパを掌握してしまうだろうと、日本陸軍の主立《おもだ》った者たちは皆そう思った。

思ったからこそ、ドイツに遅れるなと騒ぎ、開戦すべきだと主張したのである。

乗り遅れれば、ドイツにおいしいところは全部持っていかれてしまうだろうと。

東条とて例外ではない。

「やはり鬼門はソ連だったのかもしれんな」

それは実に皮肉な結果だと、東条には思えた。

日本が牽制しているせいもあって、しばらくソ連はドイツとの戦いなど望んでいなかったに違いない。いずれは戦わなければと思っていただろうが、今ではなかったはずだ。

ドイツも初めはそのつもりだったはずなのに、仕掛けたのはそのドイツである。連合国相手の戦いがあまりにもスムーズであったために、アドルフ・ヒトラーにすれば、ソ連など一蹴できると考えたのだろう。

大国ではあるが武器や兵器は旧式が多く、近代的な装備で身を固めたドイツに、ソ連は勝てるはずはないだろうと確信していたに違いない。

だが、それほどの近代兵器が、自然、季節、つまりは冬というものの前では、哀れなほどにまったくの無力だったのである。ドイツは、ソ連に苦戦しているのではなく冬に苦戦しているのだ、と日本陸軍の作戦担当は解説した。

だから、冬があければドイツの攻勢が始まる、と予測している。

しかし、春になり夏になっても、いっこうに勝利の兆《きざ》しは見えてこなかった。

そして、また冬。

当然、東条とてドイツが負けると思っているわけではない。

ドイツの底力は、それほど柔《やわ》ではないはずだからだ。

(ドイツは、ソ連からは手を引くべきではないのか)

東条はそう思っているのだ。

そして、持てるその力のすべてを使ってイギリスを叩き、欧州を掌握すればいい。アメリカが四の五《しのご》の言ったら、そのときこそ日本とドイツが手を携えて、アメリカを飲み込むのだ。

アメリカを飲み込んでしまえば、もはやソ連は敵ではない。これも日本とドイツで攻めまくればいいだけだ。

なぜヒトラーはこんなことに気づかないのだろうかと、東条は歯がみする思いである。

「だから佐藤の言うような老朽艦はいけない。新鋭艦を送る必要はないが、少なくともドイツの勝利に貢献できる空母でなければな……」

腹を決めると、東条は海相嶋田繁太郎《しげたろう》大将と軍令部総長永野修身大将を呼んだ。

「山本がなんと言うかですね。あの男はドイツ嫌いで有名ですから」

嶋田が気弱そうに言ったのに対し、

「私は良かろうと思いますよ。おそらく山本も嫌とは言わんでしょう。言うようなら私が直接、呉の『長門』に乗り込んでもかまいません」

と、永野は胸を叩いた。

（それでは話がかえって面倒になる）

嶋田は腹で思うが、口には出さない。

それではお前が行け、と言われるのが嫌だったし、自分の言うことを永野が聞くとも思えなかったのである。

こういうところが、「嶋田さんは頭は切れるが、腰がすわっていないからなあ」と、陰口を叩かれる所以《ゆえん》だ。

先の先を読んで勝手に結論を出して納得してしまうのが、嶋田という男であった。


「勝手なことを言う」

案の定、山本はそう言ったらしい。

『赤城』を失い、大和型空母の建造もならず、空母が足らんと思っていたところだけに当然かもしれなかった。

ドイツ嫌いも多少はあったろう。

山本は、陸軍の連中が思っているほどには、ドイツという国とヒトラーを買っていない。

「ドイツは今のところは強いかもしれないが、日本と同じで資源がたんまりあるわけじゃない。短期戦で済ませれば目もあるだろうが、ヒトラーという男はどうも欲張りだ。欲張りは、やがて自分の首を絞めるもんだ」

と、評していた。

「しかし、長官。『鳳翔』あたりなら、出してもさほど影響はないのではありませんか」

と言う宇垣纏参謀長に対して、

「いや。東京（軍令部）も言っているように、出すのならそれなりに戦える空母じゃなきゃ駄目だよ。舐められるからな。日本海軍の力はこの程度かと、さ。出すのなら、最低でも大鷹《たいよう》型か飛鷹型だ」

と、山本は言ってのけた。

大鷹型も飛鷹型もいずれも商船改装空母で、前者が一万七八三〇トン、後者が二万四一四〇トンの基準排水量を持つ中型空母であった。

「辛《つら》いですね」

「辛いよ。空母はいくらあっても邪魔にはならん。これが『武蔵』だったら、どうぞどうぞと熨斗《のし》でもつけたい気分だがな」

世界最大の超弩級戦艦と中型空母を比べ、中型空母のほうが惜しいと言うところに山本らしさが現われていた。

結局山本は、飛鷹型空母の『隼鷹《じゅんよう》』をドイツに送ることに同意する。

奇《く》しくも、空母こそが海戦の要《かなめ》と決めた日本とアメリカの両国が、空母を持たないドイツとオーストラリアに艦を送るという形となった。


『4』


「スターリン」とは「鋼鉄の人」という意味で、本名ヨシフ・ビサリオノヴィッチ・ジュガシビリが使ったペンネームである。しかし今、彼を本名で呼ぶ者はいない。

グルジア共和国出身で、父は靴屋であった。

故郷の初等神学校に進んだスターリンは、ずっと首席だった。

中等神学校に進学したスターリンは、ここで革命運動に加わることになる。

一九一七（大正六）年の一〇月に一〇月革命（西洋暦では一一月）が起き、このときスターリンは、ロシア革命のリーダーであるウラジミール・レーニン（レーニンもまたペンネームである）とともにあった。

レーニンが倒れた後は書記長の座に着き、レーニンの死後、待っていたかのように政敵であるトロツキーをはじめ、ジノビエフ、カーメネフ、ブハーリンらを排除し、ソ連で唯一の権力者の座を強固としたのである。

そしてその座を守るために、スターリンは、後《のち》に悪魔の所業とまで言われる秘密警察を使った大粛清《だいしゅくせい》（一九三六～一九三八）に着手した。

対象はあらゆる階層に及んだ。政治家、軍人、芸術家、役人、教育家、農民……そしてただの一般市民までが、さしたる根拠も証拠もないのに殺戮され、追放され、環境の劣悪な収容所に押し込められたりしたのである。

被害者の数は、後の研究によって様々あるが、少なくても一〇〇〇万人、多い資料では五〇〇〇万という数字さえある。現在の日本人の人口から考えても、それがとてつもない数字であることがわかる。

大粛清の動機は一つではないだろうが、スターリンが恐怖していたことは間違いない。

権力者の座から落ちる恐怖。

暗殺される恐怖。

恨まれる恐怖。

様々な恐怖がスターリンを襲い、彼はそれらから解放されるために、恐怖の種を一つずつ摘み取るのではなく、まとめて葬《ほうむ》り去る道を選んだのである。

そう、一気に恐怖から脱しようとしたのだ。

しかし、彼はついにそれから逃がれることができなかった。

それから逃がれるには、ただ一つの方法しかない。

そう、自分以外の者をすべて殺すことである。

しかし、現実には不可能なことであり、しかもこれだけの人間を抹殺すれば、様々な面で不都合が起きるのは当然である。

たとえば赤軍では、九〇パーセントに近い有能な兵士（将軍から一兵卒まで）が殺された。

そのため赤軍は弱体化した。ドイツとの初戦で赤軍が大敗したのは、大粛清が原因だとも言われている。

教育は荒廃し、農業、工業は衰退した。

まさに狂気の沙汰である。

そして狂気の怖いところは、その人自身が気がついていないことだ。

スターリンは、敗北も、教育の荒廃も、産業の衰退も、悪いのは自分の政治ではなく当事者と考えたのである。

スターリンの狂気は年とともに深まり、強くなった。

そんなとき、ソ連赤軍はドイツを追いつめることに成功した。

それは、冬という自然の力があったからであり、ドイツ軍の失策が味方したのだということを、スターリンは見なかったし、見えなかった。

まだドイツとの戦いは続いていたが、スターリンの狂気の脳細胞は、次の獲物をはっきりと見据えていたのである。

日本であった。

日露戦争の（当時は帝政ロシアだったにもかかわらず）敗北を、スターリンは自分の敗北に重ねあわせた。

「我が祖国を蹂躙《じゅうりん》した日本は、滅ばねばならない存在である」

スターリンの胸には、しっかりとそれが刻みつけられていた。

「ドイツの次は、日本」

スターリンは、密かに日本攻略の手段を研究させ始めていた。

『5』


『大和』超武装艦隊は、ドイツ人のお客様たちにとってオーバーに言えば異世界だった。

水中翼船の巡洋艦。

驚異の電波探信儀、水中聴音機。

噴進砲。

丹号潜水艦部隊。

ヘリコプター。

そしてジェット機。

小さなものを含めれば、ここはまるで夢の世界のようであった。

電波探信儀（レーダー）や水中聴音機（ソナー）のようにドイツの艦艇で使用しているものもあったが、その能力においてはドイツのそれをはるかに凌駕《りょうが》していた。

「ですが、コルビッツ少将。レーダーやソナーについては、お国の技術者たちの知恵も入っているようですよ」

「そのことについては知っていますが、彼らはなぜ我が国でそれを開発しなかったのでしょう」

ドイツ人にすれば当然の疑問だろう。

「その点については私は十分にお答えできないのですが、聞いた話によると、基本的な部分はすでに日本でもできていて、それにドイツの方たちの意見が加えられたようです。技術的な詳しいことについては聞かないでください。私には理解不能の言葉の羅列ばかりなので、覚えることさえできません」

「いえいえ、通信参謀の小原大佐にもわからないことは、私たち船乗りにわかるはずはありませんし、それは後で専門家に任せましょう」

「助かりま〜す」

小原がおどけて見せたので、三人のドイツ人は吹き出した。

ゴゴォォ――――――ン！

西の方向に、すさまじい爆音が響き始めた。

コルビッツが西の空を見る。

黒い四つの点が、瞬《また》く間に航空機の姿になってきた。世界最強のジェット艦上戦闘機『天風』の編隊である。

ジェット機については、それがプロペラを有しない航空機であることだけはコルビッツ少将も知っていた。

親類にドイツの航空メーカー「フォッケウルフ」社に勤めている者がいて、彼から「フォッケウルフ」社がプロペラのないジェット機という航空機を開発中であることを聞いていたからだ。

ただしそのときのコルビッツは、まさか自分が空母に乗りたいと思うようになるとは夢にも思っていなかったため、航空機は空軍の分野だから関係ないものと聞き流していたのである。

これがそのとき聞いたジェット機というものだとわかったコルビッツは、開いた口がふさがらなかった。

それまでほとんど航空機に興味を示さなかったコルビッツでさえ、この航空機が尋常のものではないことがわかる。

とにかく、速いのだ。

そして、そのわりには旋回性能や動きが滑らかだった。

日本海軍にもまだわずか四機しかないとはわかっていても、航空機に目覚めたコルビッツは、天風がイギリス空軍の俊英機『スピットファイア』と交戦する姿を想像した。

そしてコルビッツが最後に驚かされたものが、ゆっくりとリンガ泊地に現われたのである。

アメリカ軍艦艇に、恐怖の意味を込めて『黒鮫』と呼ばれるようになった『伊九〇一号』潜水艦であった。

Uボートこそが世界最強の潜水艦と信じていたコルビッツは、超魚雷『豪鬼』二基を前方甲板に搭載した『伊九〇一号』潜水艦を初めて見たときはさほど驚かなかった。

しかし、『伊九〇一号』の搭載する超魚雷『豪鬼』が最大速力六七・三ノットで海中を切り裂き、わずか一発で数万トンクラスの軍艦さえ葬り去ってきたのだと知ったとき、この潜水艦がなぜ『黒鮫』と呼ばれているかを理解した。

『黒鮫』にいったん睨まれたら、よほどの幸運を持っていない限り、明日という日はないのだ。


ブリスベーンの連合国軍南西太平洋方面司令部に到着した新司令官ジェームズ・B・トンプソン大将は、着くとすぐにオーストラリア連邦首相ジョン・カーティンに面会を求めた。

カーティンは躊躇《ちゅうちょ》したらしい。陸軍大将とマッカーサーを切り離せなかったからだ。

とはいえ、陸軍大将の求めにはいやでも応ぜざるを得なかった。

しかし、少し話していくうちに、トンプソン大将とマッカーサーがまったく違う種類の人間であることがわかった。

むろん、だからと言って、トンプソン大将が与《くみ》しやすい人物だと思ったわけではない。

アメリカ人のほとんど誰もが持つ、アメリカこそ絶対であるという、よく言えば愛国心、悪く言えば他者を認めない傲慢《ごうまん》さがトンプソンにも無かったわけではないが、マッカーサーと徹底的に違ったのは、自分たちはアメリカのためだけに戦っているのではなく、オーストラリアという友好国をも守ってみせるという姿勢がはっきりしていたからである。

「その証《あかし》の一つとして、我が合衆国は一隻の空母と三隻の駆逐艦を貴国にお貸ししたいと思います。お望みなら艦上機もご用意いたします」

という申し出がそれを証明していた。

「我が合衆国海軍は貴国の防衛のために努力するつもりではいますが、海軍のスプルーアンス少将から、現在の戦力ではそれを十分に補うことは難しいとの連絡がありました」

「我が国に空母を、ですか」

「貴国の海軍が空母に精通するまで、我が国の乗組員が補助し、その後は貴国の海軍で運用されればよろしいかと思います。いかがですか」

「お断わりするはずがありません。我が国もできれば自主防衛を行ないたいと思っていますが、残念ながら現在の経済力では不可能と言わざるを得ません。それをカバーしてくださるというお申し出に対して、私はオーストラリア国民を代表して、ありがたくお受けしたいと思います」

この一件で、アメリカ陸軍に対するオーストラリア首相としてのカーティンの揺らぎは、完全にストップしたのであった。


オーストラリアとの友好関係を回復したトンプソン新司令官は、ブリスベーンにアメリカ太平洋艦隊第18任務部隊指揮官レイモンド・A・スプルーアンス少将を呼んだ。

「君のおかげで、オーストラリアとの関係が修復できたと思う」

トンプソンはまず礼を言った。

「それがオーストラリアに空母を貸与する件でしたら、お忘れいただいて結構です。陸軍と海軍がいがみ合っていたのでは、日本に勝つことはできません。それをご理解いただけるのなら、些末《さまつ》な功名争いは無意味でしょう」

スプルーアンス少将の言葉には、礼節が込められていた。

「承知したよ、スプルーアンス少将。それでは手っ取り早く本題に入ろうか。私はね、ガダルカナルを奪還したいと思っているんだ。あれがある限り南太平洋の陸軍基地は安穏とできないし、海軍もまたハワイへの航路の安全が十分ではないと思うんだが、どうだね？」

「基本的に賛成です。しかし、少し前ならともかく、現在の日本軍のガダルカナル基地はそれなりに守備を固めてしまいました。ですから、一気に奪還ということは難しいかもしれません」

「となると、作戦を段階的に組むほうがいいというわけだね」

「はい。まず叩くべきは……」

スプルーアンス少将は、やっと本物の陸軍大将に出会えたような気がした。

打てば響く、という言葉があるが、トンプソンという人物はスプルーアンスにとってそれを感じさせる人物だったのである。

二人の作戦会議は、休憩を入れながら数時間に及んだ。この日が初対面であることなど、すでにスプルーアンスとトンプソンの頭にはなかった。

ガダルカナル航空基地は、海軍を主力とした基地だったが、若干の陸軍戦力もあり陸軍の宿舎もあった。

滑走路は三本である。海軍用が二本(戦闘機用、陸攻・艦爆・艦攻用)と陸軍用が一本であったが、陸軍用のものはその他に偵察機や輸送機が使うことがあった。

派遣されたのは、ラバウルの第二五航空戦隊と第二六航空戦隊からの選出メンバー、および内地からの新メンバーの第三〇航空戦隊であるが、正式な航空戦隊が一、二カ月後に来るまでの臨時部隊である。

防備としては、ラバウルよりアメリカ陸軍の基地が近いこともあって、対空砲火陣も十分な準備がされていた。

この方面の守護艦隊は、引き続き三川軍一中将麾下《きか》の第八艦隊が当たっていた。

二月五日未明。

第八艦隊麾下第六戦隊の重巡『青葉』の索敵機が、ガダルカナル島西方四五〇カイリにアメリカ機動部隊を発見した旨《むね》を、打電してきた。

航続距離がアメリカ海軍の攻撃機より長いとはいえ、四五〇カイリでは日本海軍搭載機でも攻撃は難しい。

三川中将は迷うことなく、追撃のために第八艦隊の舳先《へさき》を西方に向けた。

ところが、である。

南方方面の索敵を行なっていた索敵機から、こちらにもアメリカ機動部隊がいるとの報告が入ったのである。

ただしこの艦隊は、機動部隊とは言っても軽空母一、巡洋艦二、駆逐艦五という小規模の艦隊で、それに比べると、最初に発見した機動部隊は空母一、軽空母二、護衛空母二、戦艦一、巡洋艦三、駆逐艦一〇という純然たる機動部隊であった。

しかし、二方向にいるのでは挟撃される恐れがある。いくら小規模の機動部隊とはいえ機動部隊には違いなく、三川は少し迷った。

そのとき、索敵機の無線を傍受していたガダルカナル基地司令から、小規模の機動部隊はガダルカナルが引き受けるという連絡があって三川の心は決まり、西方の艦隊と交戦すべく追撃を続けることにした。

「かかってくれたようですね」

ガダルカナル基地が第八艦隊に送った暗電を傍受した第18任務部隊旗艦空母『ホーネットⅡ』の艦橋で、参謀長トレバー・キーン大佐が嬉しそうに言った。

「日本には、人を呪《のろ》わば穴二つ、という格言があるそうだ。意味は、人を呪うとその呪いは自分にも返ってきて、結局、呪ったほうと呪われたほうの両方が滅びてしまうという意味らしい」

「なるほど。例の謎の艦隊が我々にかけた呪いは、結局、敵に返るということですね」

「そう。そしてその呪いとは、囮《おとり》艦隊さ」

第18任務部隊指揮官レイモンド・A・スプルーアンス少将が、ゆったりとした冷たい笑みを浮かべた。

第八艦隊が第18任務部隊との交戦可能な距離に入ったのは、二時間後であった。すでに攻撃部隊の準備はできていた。

三川中将は、ゆっくりと「出撃」と言った。

このとき三川が出撃させたのは、三隻の空母から、零式艦上戦闘機一八機、九九式艦上爆撃機二四機、九七式艦上攻撃機二四機、合計六六機である。

攻撃部隊の機影が雲間に完全に消えるまで、三川は微動だにせずにそれを見守る。

いつものことである。

一人でも多く帰ってこい。

声に出さずに三川は言う。

裏切られることの多い願いだが、三川はやめるつもりはない。

俺が死ぬまで、続ける。

一人でも多く帰ってこい。

日本海軍に比べると搭載機の航続距離の短い第18任務部隊は、一二機のグラマンF4F『ワイルドキャット』、一八機のグラマンF6F『ヘルキャット』、二四機のカーチスSB2C『ヘルダイバー』艦上爆撃機、二四機のグラマンTBF『アベンジャー』艦上攻撃機の計七八機の攻撃部隊を出撃させた。第八艦隊に遅れること二〇分後のことである。

普通なら焦《あせ》るだろう。

海戦は、どちらが先に発見するかが大きなファクターだからだ。

しかしこのときのスプルーアンス少将は、まったくあわてていなかった。

理由は、この日、珊瑚海を吹き抜けてゆく強い風にある。

第18任務部隊にとっては追い風、第八艦隊にとっては向かい風になる風が、そのときの二つの機動部隊に影響を与えていく。


ガダルカナル基地の海軍航空部隊が出撃したのは、第八艦隊よりはだいぶ早かったが、こちらも風に影響されて速度が上がらなかった。

そんな中、敵機動部隊がいるはずと計算した海域にガダルカナル攻撃部隊はやっと着いたが、そこには敵機動部隊の影すらなかった。

ガダルカナル攻撃部隊は、燃料が許す限り敵機動部隊を求めて飛び続けることとなる。


南方で発見されたのは、オーストラリア海軍に貸与された軽空母『モントレイ（インディペンデス級）』と、オーストラリア海軍と第18任務部隊から差し回された軽巡

二、オーストラリア海軍の駆逐艦で作ったにわか機動部隊である。
こちらは、初めから戦う気などない。

スプルーアンス少将が言った通り、この部隊は『大和』超武装艦隊が仕掛けた囮作戦の焼き直しだったのだ。


攻撃陣のほぼ半分を出撃させたガダルカナル基地のレーダーが、南太平洋方面から接近する敵攻撃部隊を発見したのは、ガダルカナル攻撃部隊が燃料の残量を気にし始めた頃のことであった。

ガダルカナル基地の司令は青ざめた。

迎撃部隊の数も不安だったが、敵部隊の攻撃開始時間と攻撃部隊の帰還時間が、微妙に一致しそうなのである。

艦戦は問題ないが、陸攻、艦爆、艦攻は攻撃をしていないため、いずれも腹に爆弾や魚雷を抱えている。

いざとなれば、爆弾を捨てて身軽な身で戦わせるしかないが、基地司令としては、できるなら爆弾や魚雷を温存したかったのである。

燃料が残っていればラバウル方面に回避させておく手もあったが、それも難しそうだった。

風の力は大きく、第18任務部隊の攻撃部隊のほうがいち早く第八艦隊に接近していた。

その部隊に第八艦隊の迎撃部隊が襲いかかる。

アメリカ艦戦隊は数の優位を生かして「ヒット・エンド・ラン」、もしくは「一撃離脱」と呼ばれる策を取った。

それは小隊ごとに一機の零戦を攻撃する方法で、一機もしくは二機が零戦を引き寄せている間に別の二機から三機が零戦の上空を奪い、そこから一気に降下して機銃弾を叩き込んで、命中すればよし、駄目ならそのまま降下して逃げるのである。

零戦が降下の敵を追えば、その間に引き寄せ役だった機が今度は上空に向かう。

零戦の追尾は途中で終わる。

終わらせざるを得ない。操縦性能を重視した軽い機体だけに、零戦の構造は、あまりに速い急降下に堪えられないからだ。

諦めた零戦が水平飛行に移った刹那、上空からさっきの引き寄せ役が降下して来るというわけである。

零戦隊も近頃はグラマン機がとるこの作戦に気づき始めているが、今のところ効果的な策がない。

降下機を無視して引き寄せ役に銃弾を浴びせるが、少しでも油断すると降下機のまたとない餌食《えじき》になるだけである。

わずかな強みは操縦員の腕だった。

それだけが、どうにか対抗できる零戦隊の武器なのだ。

北からすさまじい爆音が響いたのは、七機目の零戦が『ヘルキャット』の一二・七ミリ機銃で機体を引き裂かれたときであった。

爆音に気づいた『ヘルキャット』が、音のほうに機首を向けた。

前方には、あまり大きくはないものの、雲海がある。爆音はその雲海の中から聞こえてきているのだ。

次の瞬間――。

雲海の空、零戦と同じ緑色の奇妙な機体が、まるで噴き出すように現われた。

『ヘルキャット』のパイロットは虚《きょ》を突かれ、その敵機を避けようと機体を右に滑らせた。

次の瞬間、現われた奇妙な航空機の機首が、

ズドドドドッ！

ズドドドドッ！

吼えた。

近距離から放たれた二〇ミリ機関砲弾が、まともに『ヘルキャット』の機体をえぐる。

ズガガガガ――――――――ン！

『ヘルキャット』が、一瞬にして吹き飛んだ。

撃墜された『ヘルキャット』のパイロットの視覚に最後に残った映像は、その敵機にプロペラがない、ということだけだった。

一機目の『ヘルキャット』を葬った市江田一樹中尉は、愛機『天風』を上昇させた。

その横を、天風小隊の二番機が降下してゆく。

あわてて『ヘルキャット』が降下に入った。

そのパイロットは逃げられると思っていた。

当然だろう。これまで急降下する『ヘルキャット』に追いつく日本機など無かったからだ。

パイロットには、余裕と、不可思議な気持ちが残った。敵機にプロペラがないことを、彼も気づいていたのだ。が、彼の思考はそこで止まった。

ガガがガガガガッ！

ガガがガガガガッ！

ガガガガガッ！

天風の主翼の七・七ミリ機銃弾が、『ヘルキャット』の風防とパイロットの頭を打ち砕いていたのだ。

主《あるじ》を失った『ヘルキャット』は、そのまま海面に落ちてゆくしかなかった。

瞬く間に僚機を失ったグラマン隊は、自分たちが、零戦ではなく、自分たちの機をはるかに凌駕する戦闘機を相手にしていることをやっと悟った。

敵機は四機だった。

プロペラのない機体について、何人かのパイロットは知っていた。ジェット戦闘機という、日本海軍が投入したばかりの最新鋭機であることを。

零戦たちは、グラマン隊を味方隊に任せようと判断し、すでに本隊に向かってひた走る爆撃部隊を追った。

「提督。レーダーが北方に機影を捉えました」

「北方？」

スプルーアンス少将が、首を捻《ひね》った。

風の影響でスピードの乗らない日本攻撃部隊は、一刻も早くこちらに着きたいだろうから、わざわざ迂回して燃料と時間をロスするとは思えない。それなら東方でなければおかしいのだ。

「風に流された可能性も無くはないのでは」

キーン参謀長がありえなそうな可能性を上げた。

「ともあれ迎撃機を上げる準備を」

スプルーアンス少将が命じた。


ズガガガガ――――――――――ン！

ドン！

ドン！

グワァ――――――ン！

アメリカ陸軍部隊の爆撃が始まったのは、五分前だ。

正確な数字ではないが、レーダーと見張員の情報を総合すれば、敵の爆撃機の数はおよそ三〇機余といったところか。そう、ボーイングB17『フライング・フォートレス』重爆撃機一五から一六機、ノースアメリカンB25『ミッチェル』中型爆撃機一五から一六機であった。

当然、掩護機《えんごき》としての戦闘機が付いている。

敵攻撃隊に対しては、こちらの出した迎撃部隊が戦っているはずだ。

しかし、迎撃部隊の数はわずかに八機。基地司令は攻撃部隊に数を割《さ》きすぎたことを後悔したが、もはや間に合うはずもない。

後《のち》に、迎撃部隊は全滅したと基地司令は知ることになる。

激しい爆撃によって、ガダルカナル基地の滑走路はたちまち砂塵《さじん》を巻き上げた。

日本軍の場合、滑走路にアスファルト舗装を施せないため、爆撃を受ければすぐにこうなるのだ。

ズダダダダダッ！

バリバリバリバリッ！

ドドドドドドドドドドッ！

対空砲が怒りのごとく噴き上がり、高度数千メートルの敵爆撃機に向かう。

が、なかなか命中しない。

ガガ――――ン！

滑走路横の見張塔が、五〇〇ポンド爆弾の直撃を受けて倒れた。そして、炎上を始めた。

「まずいな」

塹壕《ざんごう》から顔を出した整備兵が唸《うな》る。

燃えてゆく方向には、燃料があるのだ。

やがて、その予感は的中する。

ブゴゴァ――――ン！

燃料タンクが爆発で四散し、帯となった炎が宿舎の屋根に飛んだ。

乾いているだけに燃えやすく、宿舎が火災を起こした。

苦労して作り上げたものが、あっという間に炎と黒煙に包まれていく。

工兵の胸に虚《むな》しさが広がっていった。

――壊れたものは、焼けたものは、また造り直せばいいさ。

人は言う。

それは事実だろうし、そうなのだが、湧き上がる虚しさはやはり消せなかった。

ガガガガガガッ！

敵戦闘機の地上への機銃掃射が始まった。

狙いは銃座と砲座だろう。

たとえ命中率が悪くても、敵機にすればうるさい存在である。

掃射音に続いて、絶叫。

絶叫を聞いた他の者たちが、息を飲む。

だが、次の瞬間、ズバァバオ────ン、という爆発音。

憎き敵戦闘機が、味方の機銃に討ち取られたのだ。

戦闘機の爆発から生じる熱風が、防空壕の上を駆け抜ける。

拳を握りしめて、「ざまあみろ！」と若い整備兵が唇を噛んだ。


『黒鮫』が深度六〇を六ノットで、海水を分け入るように進んでいた。

「敵空母、距離二〇〇〇」

「囮魚雷一番、二番、三番、四番、発射！」

『伊九〇一号』潜水艦長橋元金伍大佐の声が、艦内に低く響く。

「囮魚雷一番、二番、三番、四番、発射します！」

水雷長が復誦した。

シュワン！

シュワンッ！

シュワン！

シュワンンッ！

囮魚雷が圧縮空気の泡を身にまといながら、海中に出る。

シュルル―――――ン！

高速のスクリューによって、すぐに囮魚雷はスピードに乗った。

「『豪鬼』一番、二番、続けて発射！」

「『豪鬼』一番、二番、続けて発射しま～す！」

ゴォウン！

ゴォーウン！

超魚雷『豪鬼』が二基、敵機を地獄に落としめるべく母艦を離れた。

ここまでの作業が済めば、潜水艦乗りにはもうやることはない。あとは速やかに闇に紛れるだけだ。

「艦長。敵の潜水艦です」

「方向と距離は？」

「五時の方向、距離二五〇〇」

「ならば焦ることはないな。一〇時の方向に六ノット」

「一〇時方向、六ノット」

「か、艦長。一〇時の方向にスクリュー音」

水測士の声が震えている。

「距離は？」

「こちらもおよそ二五〇〇」

『伊九〇一号』潜水艦の水中聴音機は、周囲が静かなら一万メートルでも捉えられる。

それが突然二五〇〇の距離で前後に現われたということは、おそらく両潜水艦はこの辺りに網を張っていたのだろう。

「エンジン、止め。音を立てるな」

まだ見つかっていない確率のほうが高いが、もし見つかっていたとしても、この距離なら音を消してしまえば相手は見失うだろう。

無音の世界が始まる。わずかに聞こえるのは、小さな息づかいだけだ。

「近づいてきます。距離一五〇〇」

さきほどこちらがエンジンを切った辺りを目標に近づいてくるのだろうが、はっきりとこちらの場所はわかっていないはずだと、橋元は思った。

「水雷長。通常魚雷の準備はできているな」

「囮を放った後、準備させてあります」

いざとなったらそれを撃つしかないが、『伊九〇一号』に残されている通常魚雷は、前部発射管に二基、後部発射管に二基の計四基である。

敵が一隻ならまだしも、二隻となると少し辛《つら》かった。

「艦長。敵が魚雷を放ちました！」

「位置がばれてるのか！」

「そうではないと思います。こちらに命中する方向ではありません」

「見込みで撃っているんだな」

「そう思います」

「くそっ。後ろの艦も同じことをしました」

「焦るな……待つしかない」

ズオォンン！

敵の放った魚雷が、せり出した岩にでも命中したのだろう。その衝撃で『伊九〇一号』の艦体が大きく揺れた。

ズオォオオ――ン
続いて後ろの潜水艦の放ったらしい魚雷の炸裂音だ。

さっきのよりも近い。

「二隻とも遠のいていきます……」

水測士が言ったのは、一二分後だった。

まだ安全圏ではないが、最悪の状況よりは多少ましになったはずだった。

橋元の口から、ピューッという息が漏れる。

誰もが笑いを堪えるのに必死だった。


第18任務部隊旗艦空母『ホーネットII』の艦橋は沈黙に満ちていた。

わずか数分で、第18任務部隊は二隻の軽空母を失ったのだ。それもわずか一発ずつの魚雷で、である。

「普通の魚雷ではないですよ、提督。速さも並じゃなかったし、炸裂音も火柱も大きかったですからね。まるで数本の魚雷が一度に同じ場所に命中したような感じに見えました」

キーン参謀長が早口に喋る。興奮もあるだろうが、困惑のほうが強い。まだ起きたことを正確に飲み込めていないのかもしれない。目がやや虚《うつ》ろなのもそのせいかもしれなかった。

そんなキーンを攻められないと、スプルーアンスは思った。

一気に撃沈されたインディペンデンス級軽空母は旧式艦ではない。まだ建造から一年も経っていない新鋭艦である。

防御もこれまでの正規空母とほぼ同等で、普通の魚雷を一発や二発受けても沈まないと言われていた。それが、こうもあっけなく撃沈されたのだ。さすがのスプルーアンスもなす術がなかったのである。

敵潜水艦の捜索に数隻の駆逐艦を動員してはいたが、まだ結果は入っていなかった。

「キーン参謀長。あいつが来ているのかもしれないな……」

スプルーアンス少将の声に、これまでとは違った重苦しい色があった。

「私もそんな気がしています……」

キーンの語尾が震えた。

緊張のせいなのは間違いないが、その奥には恐怖があることをキーン自身気づいていた。

スプルーアンス少将らがあいつらと呼ぶ艦隊は、少しずつ正体を現わしてはいた。

六万トン級の超弩級空母を主力とし、二隻の中型空母、そしてまるでハリネズミのように対空砲を搭載した異形《いぎょう》の重巡だ。こんな楕円形では動きが鈍いと侮《あなど》ったアメリカ軍攻撃機が、多数犠牲になっている。

理由は簡単だ。この楕円形の姿は偽《いつわ》りで、底部に羽根を持ち、その羽根を利用して超高速重巡になるのだ。いわゆる水中翼船である。

その上に、今回スプルーアンスが心配したように囮戦隊を持っており、開戦当初はこの囮にずいぶんと悩まされていた。

それにこの戦隊の所属らしい小型潜水艦に加え、配属されてから日が浅い別の潜水艦がいる。

おそらく『インディペンデンス』と『ベロー・ウッド』を葬り去ったのはこの潜水艦だろう。

しかし、この艦隊の一番恐ろしい点は、今、第18任務部隊が襲われているように、いつどこから登場するかわからない神出鬼没の行動だった。

詳細はわからないが、味方すら、この艦隊がどこにいて何をしているかわからないようなのだ。

「あいつさえ倒せば勝ったようなものだ」

とハルゼー中将が言ったという噂さえある。まさしく、日本海軍最強の艦隊であろう。

「ともあれ迎撃部隊を出撃させろ！」

スプルーアンス少将が、宣言するように言った。

古鷹《ふるたか》型重巡の『古鷹』『加古《かこ》』、青葉型重巡の『青葉』『衣笠《きぬがさ》』の四隻で編制されているのが、第八艦隊麾下の第六戦隊である。

青葉型重巡は、改古鷹型のために艦体や艦影がほとんど同じだし武装も差はないため、四姉妹と言っていいかもしれない。

違うのは基準排水量で、古鷹型は八七〇〇トンで青葉型は九〇〇〇トンと、青葉型のほうがわずかに大きかった。

重巡の中では最古参のため細かいところまで言ってしまえば文句は出てこようが、まだ十分に現役だと言われていた。

四隻の任務は空母の番人である。それも一番責任の重い番人であった。

ズドドドドッ！

ウガガガガガガッ！

ドーン！　ドドド――――ン！

波を払うように低空で忍び込んできたグラマンTBF『アベンジャー』艦上攻撃機に『古鷹』の対空砲が唸る。

だが、旧型艦『古鷹』は低空攻撃に弱い。高角砲の砲身があまり下までさがらないのだ。

『アベンジャー』もそれは承知だ。

ザザンッ！

魚雷を放って、『アベンジャー』が低空のまま横に滑る。

上昇して一気に逃げれば、高角砲と機関砲の餌食になるだけだ。だから横に滑る。

昇りきった太陽が、海面をキラキラと輝かせている。

その海面に、『アベンジャー』の放った魚雷が白い雷跡を作って『古鷹』に伸びてゆく。

「魚雷接近！」

『古鷹』の見張員が声を絞る。

アメリカ軍の魚雷は、性能があまり良くないと言われ不発弾も多いようだが、まさかそれに期待するわけにはいかない
「面舵いっぱ～い！」

『古鷹』艦長が命じ、

「面舵、いっぱ～い！」

航海長が復誦した。

ゴゴゴゴ――――ッ。

全長一八五・一七メートル、全幅一六・九三メートルのスマートな艦体が右に傾く。

艦が高速力を得るにはいくつもの方法があるが、一つには全長と全幅の比率がある。簡単に言えば、細長く造れば艦は速くなるのだ。

しかし、速さだけを求めて細長くすると、横波に弱くなって沈没しやすくなる。

シャシャ――――――――ッ。

白い雷跡が『古鷹』の舷側をかすめるように過ぎていった。

『古鷹』の艦橋に安堵が落ちたそのとき、双眼鏡を使っていた航海長が、「あっ！」と叫んだ。

「どうした？」

『古鷹』艦長が聞く。

航海長が『古鷹』の右舷前方を指さした。

そこにいるのは空母『鳳翔』だった。

日本海軍初の空母である。その称号は、逆に『鳳翔』が老朽艦であることも意味していた。能力的に言えば、遠洋作戦はもう無理な空母だったのである。

『古鷹』が魚雷の回避に成功したとき、それまで必死に喘《あえ》ぎながらジグザク航走を続けていた『鳳翔』の機関が悲鳴を上げた。

悲しいほどに『鳳翔』の速力がガクンと急激に落ちた。

不幸なことに、『古鷹』の避けた魚雷が今『鳳翔』が喘ぐ方向に進んでいたのである。

「魚雷接近！　魚雷接近！」

『鳳翔』の見張員が絶望的な声を上げた。

『鳳翔』艦長は〝取り舵〟を命じた。

だが、『鳳翔』は言うこと聞かなかった。いや、聞けなかったのである。

シャァ――――――――――ッ
「駄目だ――――っ！」

見張員が鉄棒にしがみついた。

ドッガァ――――ン！

『鳳翔』の右舷側に水柱が上がり、舷側がパックリと裂けた。

ゴゴゴゴ――――――ッ
裂け目に向かって海水があっという間に侵入してゆく。

グラリと、基準排水量九四九四トンの『鳳翔』が右に傾いた。

ゆっくりとだが確実に右への傾きを増す『鳳翔』の艦橋で、「ああ、もういけないな」と艦長は悟った。

『鳳翔』艦長は総員退去の許可を三川長官に求めた。

「許可する」

三川は即座に許した。

それでも『鳳翔』は、乗組員が退去するまで堪えた。

そして、ゆっくりゆっくりと、渦を作りながら沈んでいく。

二一年の生涯でった。


ズドドド――――――ン！

敵艦攻から放たれた魚雷の直撃を艦首付近に受けた『ホーネットⅡ』が、バランスを崩して少し艦首を上げた。

衝撃で思わずよろけたスプルーアンス少将は、壁に激突して目尻付近を切った。

鮮血が頬に流れる。

「提督。大丈夫ですか！」

キーン参謀長が駆け寄ってきた。

キーンの額が腫れているのは、鉄パイプにでもぶつけたからだろう。

「参謀長。君こそ大丈夫かね」

「なあに、単なるタンコブです」

「しかし腫れがひどいぞ」

「大丈夫ですよ。ありがとうございます」

「うん。で、艦首の被害？」

スプルーアンス少将が指揮官に戻って、聞いた。

「動きが変わりませんし、今のところ問題はないようです」

若い衛生兵が飛んできて、スプルーアンスの目尻を絆創膏《ばんそうこう》で止め、キーンの額に濡れたタオルを巻いた。

魚雷攻撃が終わったのか、日本軍の九九式艦爆が急降下してくるのが見えた。

ガ――ンッ！

飛行甲板を直撃した二五〇キロ爆弾が、炎と白煙を作った。

しかし、そこは黒く焦げてはいるもののほとんど傷はない。

「さすが『ホーネット』ですね」

キーンが感心したとき、『ホーネットⅡ』の護衛艦である戦艦『カリフォルニア』に、相次いで敵艦爆の放った爆弾が直撃した。

パールハーバーで日本海軍に一度は撃沈された『カリフォルニア』だが、大修理によって復活したのである。沈む前よりも対空砲などが大幅に増強され、強くなって帰ってきたと言われたほどだ。

だが、『大和』超武装艦隊の飛行隊は、どの隊をとってもこのとき世界最強だっただろう。

艦爆隊では、誰もが軍艦のどこをどう叩けばいいかを十分に心得ており、それを実行する技術を持っていた。

ズガガガ────ン！

ドガガガガ────ン！

グワァァンッ！

的確な直撃弾が『カリフォルニア』の煙突を砕いていく。目的はただ一つ、煙突の下にある機関室である。まず動きを止めてから料理にかかろうと決めたのだ。

グワッ！

真っ赤な炎が『カリフォルニア』の煙突の横から噴き出した。

炎の次は白煙、そして燃料の重油が燃える真っ黒な煙が『カリフォルニア』を包み始めた。

消火班が投入されるが、火の勢いは鎮まるどころか、熱風が消火班の皮膚を破り、髪を焦がした。

「無理です！」

消火班の悲痛な声が、『カリフォルニア』の艦橋に届く。

「引きあげさせましょう」

キーンが言い、スプルーアンスがうなずいた。

乗組員が去った後も『カリフォルニア』は燃え続けた。

ズボボ――――ン！

時折り高く噴き上げる火柱は、火薬庫の爆弾を誘発して起こしたものだ。

『カリフォルニア』の二度めの死は、一度めに負けないくらいに華々しいものであった。

真っ赤に燃えながら『カリフォルニア』は沈んでいった。海、深くに――。


アメリカ陸軍攻撃部隊が去ってから、五分ほどが経っている。

防空壕からはいずり出したガダルカナルの基地司令は、ガックリと肩を落とした。

目の前に広がる光景は、すべてが振り出しに戻ったことを表わしていた。

穴ぼこだらけの滑走路。

燃えさかる宿舎。

破壊された航空機の残骸。

燃え尽きてくすぶる見張塔。

燃料が燃える悪臭。

このような地獄の中、あえて幸いを探すなら、アメリカ艦隊を攻撃に行っていた部隊の燃料がどうにかもって、ラバウルに回避できたことだ。

それによって、戦力の全滅が避けられたのである。

「もう一度やり直すしかない」

基地司令は、塹壕から出てきた兵士たちに被害と怪我人を調べるように命じた。

兵士たちが傷ついた体をいたわりながら、被害を調べ始めた。

「ううっ」と泣き崩れる兵士がいる。戦友の亡骸《なきがら》を見つけたのであろう。

基地司令は慰める言葉もなく立ち尽くしている。そして、しょうがないのだと自分に言い聞かせた。

ツラギにある水上偵察機の泊地を除けば、ガダルカナル基地はアメリカ本土に一番近い航空基地だ。

言い換えれば、ここは地獄に一番近い海軍航空基地であった。

第18任務部隊への攻撃を終えた綾部中也中尉の指揮する『大和』超武装艦隊の零戦隊は、本隊から五キロほど離れた場所にいる第18任務部隊の護衛空母『カサブランカ』を発見した。

別に探していたわけではない。

まさに偶然で、『カサブランカ』にとっては不幸だというしかなかった。

「見なければこのまま帰ったが、見た以上はほうってはおけないな」

独り言のあと、綾部は編隊無線のスイッチを入れた。

「無理のできない者は無理をするな。できる者だけ付いてこい！」

綾部が操縦桿を倒し、急降下に入った。

本来なら艦爆や艦攻の到着を待つのが普通だが、このときはまったく意味がなかった。後続の艦爆や艦攻には、爆弾も魚雷も残ってはいなかったからである。

零戦隊としても、残っている銃砲弾はそう多くはない。

綾部は攻撃目標を、『カサブランカ』の飛行甲板に並べてある艦攻と定めた。敵が来るとは予想していなかったのだろう。

「弾を無駄にするなよ」

そう命じるなり、綾部は飛行甲板左端にあるＴＢＦ『アベンジャー』艦上攻撃機の機体に七・七ミリ機銃弾を撃ち込んだ。

ガガガガガッ！

ズガガガガッ！

ガガがガガガガッ！

ズガガガガッ！

バババババババッ！

『アベンジャー』の機体に次々と弾痕が刻まれてゆく。

綾部が機首を上げると、部下の一人が艦の中央辺りにある『アベンジャー』に三〇ミリ機関砲弾を叩き込んだところだった。

グッグッババババッ！

操縦席から主翼にかけて叩き込まれた三〇ミリ砲弾が、『アベンジャー』の燃料タンクを直撃したのか、ズゴゴ――――ンと猛烈な火柱を上げた。

危うくそれに巻き込まれそうになった部下機だったが、フルスロットルで回避する。

タタタタタッ！

ズララララッタタタタッ！

そのときになって初めて、『カサブランカ』からの反撃が始まった。

カサブランカ級護衛空母は、一二・七センチ高角砲一基と四〇ミリ連装砲八基一六門、二〇ミリ機関砲を二四基持っている。

ひ弱な航空隊に対してなら多少の被害を与えられるかもしれないが、綾部たちの回避は巧みだ。

いったん上空に駆け上った零戦隊に、一機の九七式艦攻が近づいてきた。

「綾部隊長。須崎《すざき》です」

「おう、どうした？」

「実は、五〇〇キロ爆弾が残ってるんです」

「なんだと！」

「どうやら発射関係のどこかがいかれていたみたいなんですよ。で、さっきの攻撃には使えませんでした」

「剛毅な話だな。五〇〇キロ爆弾を抱えたまま逃げ回ってたのか。相変わらず笑わしてくれるな、お前は」

一見すると馬鹿にしているように思えるかもしれないが、綾部にそんな気はない。

実はこの須崎一飛曹は、漫才師なのである。

『大和』の宴会部長として重宝されており、綾部は須崎のファンだった。だから「笑わしてくれるな」は、綾部と須崎の間では、ありがとう、に近いニュアンスであった。

「だって、しょうがないじゃないですか。捨てたくても捨てられないし。五〇〇キロ爆弾抱えて敵の戦闘機に見つかったら、身重の女は一撃であの世行きですからね。そうなったら後ろの二人にも申し訳ないんで、とにかく必死こいて逃げてたんですよ。でも、さっきいじってたら、なんとなく使えそうなんです」

「で、使うってのか」

「このまま持って帰れっていうんですか、綾部隊長。で、戻って点検して撃てるとわかったら、いい笑いもんじゃないですか。お願いしますよ、掩護お願いします！」

「しゃあねえな。じゃあ行け！」

須崎の爆弾は生きていた。

ヒュウゥウ――――――――――ン。

『カサブランカ』の飛行甲板に落ちた五〇〇キロ爆弾は、ズッズズズズ――――ンという大音声とともに『カサブランカ』の飛行甲板を引き裂き、格納庫で炸裂した。

格納庫にはまだ二〇機ほどの航空機が残っており、それらの破片が頭上高くに飛び散った。

グワァァ――――ン！

次の爆発は爆弾や魚雷の誘爆によって起きたもので、爆発のすごさは五〇〇キロ爆弾の比ではなかった。

火柱は百数メールに伸び、白煙がゴウゴウと唸った。

これから週に一隻のペースで誕生することになるカサブランカ級護衛空母のネームシップは、腹から真っ二つに割れて海中に没していったのである。


攻撃部隊の出迎えの兵たちの中に、コルビッツ少将の姿を見た『大和』超武装艦隊司令長官竜胆啓太中将が、苦笑した。

「先日までドイツ東洋艦隊の指揮官だった男らしくないな」

「通訳をしている小原通信参謀が言うには、彼らはこと空母に関しては一兵卒に過ぎないのだから、そういう扱いで結構だし、まずは一兵卒たちから学びたいということだそうですよ」

仙石は嬉しそうだ。

コルビッツのように地道にコツコツとやるタイプが、仙石は好きなのだ。

それはたぶん、仙石の若いときとつながるのかもしれない。

「なるほどな……一兵卒か」

竜胆が、うなずいた。

「私はヒトラーが嫌いだし、あの男に権力を差し出したドイツ人に疑問を持っていた。

しかし、先日のパイロットになろうと努力を惜しまなかった四人のドイツ青年やコルビッツ少将を見ていると、ドイツって国も、ドイツ人も、まんざらじゃないと思うようになってきているんだよ。

ヒトラーはまだ嫌いだし、好きになることは絶対にないが、彼らがヒトラーを追い出して自分たちの住みやすい国を作るというのなら、私はドイツを助けるかもしれない」

顔は笑っているが、目は笑っていない。

それは本気ということだ。

こんなとき、仙石は竜胆を少し怖いと思う。

決して粗暴ではないし、無茶をするような人ではないのだが、ここ一番自分の信念がかかったときには、竜胆は決して折れないだろう。

それだけ、より強い意志を持っている人なのだ。

しかし逆に、そんな人でなければ『大和』超武装艦隊などという、見方によっては実に恐ろしい部隊の指揮官が務まるはずはなかった。

もっとも、自分もその中にいるのだから、俺にも案外そんなところがあるのかなあなどと、仙石は思ってみたりもする。

「難しいですね。コルビッツ少将は、ヒトラーのいかさまにある程度気づいているようですよ。しかし、かといってヒトラーを悪とは言い切れないようです」

「まあ、人間ってやつはそんなものだろうな。数学のように、一は一、二は二というようにきっちりとは割り切れないもんさ。だから何かを知ろうとするんだろうし、悩むんだろうな……おっと、妙に哲学者ぶってしまったよ。ははははっ」

竜胆が気持ちよさそうに笑った。

エピローグ

『1』

「日本はかつてロシアのものだったのだ。それを、黄色猿の日本人が少しずつ少しずつむしり取っていった。私が日本を攻める正当性はここにあるのだ」

「全ソビエト人民に対し、唯一幸福を送ることができる人間は私だけだ。ゆえに私は幸福にならねばならない。私が粛清を許される正当性はここにあるのだ」

「狂気ほど恐ろしいものはない。なぜなら、狂気を持つ者は己《おのれ》の狂気に気づかないからだ。私が狂気を持つ者を排除する正当性は、ここにあるのだ」

ヨシフ・スターリン

『2』


アドルフ・ヒトラーは、かつて偉大な人間だった。

第一次世界大戦の敗北によって打ちひしがれていたゲルマンの民に、大いなる夢と、勇気と、希望を与えたのである。

アドルフ・ヒトラーは、どこで間違えたのか。

大いなる民人《たみびと》は言うだろう。

「お前が生まれたことだ」


『3』


ホワイト・ハウスの大統領執務室を訪ねたキング作戦部長は、一枚の設計図を示した。

「基準排水量六万九八〇〇トン、全長三二〇メートル、全幅四八メートルです。最高速力三八ノット、航続距離は一六ノットで四万キロ。地球一週分です。

　搭載機数は一八〇から二〇〇機、そして武装は一二・七センチ連装高角砲三〇基六〇門、五〇ミリ三連装機銃八〇基二四〇挺、二五ミリ四連装機銃一〇二基四〇八挺です。

　この空母こそ世界最強の空母であり、日本を地獄に送り込む案内人であります」

「間違いないのだろうね」

　アメリカ合衆国第三二代大統領フランクリン・デラノ・ルーズベルトが、いまだ猜疑《さいぎ》心《しん》の抜けきらない表情でキングを見ながら言った。

「お約束いたします、大統領。あなたはついにアジアの守護者になるでしょう」

「わかったよ、キング作戦部長。高い買い物だが、日本を叩き伏すことができるのなら、そのくらいの予算は君と海軍に回してもいい。しかし忘れるなよ、キング作戦部長。これがラストチャンスだ。次はない」

「承知しています、大統領。私も次はいりませんし、名誉もいりません。私が欲しいのは、勝利です。太平洋での勝利です。では、失礼いたします」

「私だ、ニミッツ。キングだ。君に最高にプレゼントがある。ただし、サンディエゴまで取り来てほしい。その代わり、君がもっとも信頼する提督を連れてね。ああ、そうとも。これがラストチャンスだ。

太平洋に平和を迎えるんだ。それができるのは、我がアメリカ合衆国と、海軍だけだ。ああ、待っているよ。サンディエゴで」


『4』


夕方に降った雨で、呉の街はしっとりとしていた。

しかし呉湾の沖合にある柱島泊地は、雨のせいで湿った空気が残ったのか、淡い霧が流れていた。

霧の中に、連合艦隊旗艦戦艦『長門』の姿がぼんやりとたたずんでいる。

艦橋から長官室に戻った連合艦隊司令長官山本五十六大将は、静かにウィスキーを飲み始めた。

時間がないことを一番よく知っているのは自分だと、山本は思っていた。

自分も含めて、日本は間違った道を選んでしまったのかもしれない。

しかし、歴史には後戻りという選択肢がない以上、前に進むしかないのだ。

日本は勝つ道を放棄したのではない。

しかし、勝つことは、勝ちに賭けることは、苦難の道であり、試練の連続である。

従って山本は、勝ちの道を選ばなかったのだ。

勝たなくても皇国を守ろうとしたのである。

また、勝ちによって日本が何かを得ることも、山本には難しいと思われた。

アメリカが勝ち、アメリカが協力をしてくれるなら、日本の前に世界の門戸が開かれるだろう。

だが、逆だったら。

アメリカが何かにつけて日本に敵対したら、日本は世界から孤立する可能性もあるのだ。

それでも日本は、その道を進み続ける意志があるのであろうか……。

しかし、あえてその道を歩みたいのなら、私も最後の賭けに出よう。

だが、これは決して楽に進める道ではない。

失すれば、日本は亡国となるだろう。

『5』

南国の太陽が、『大和』超武装艦隊旗艦超弩級《どきゅう》空母『大和』の飛行甲板を熱している。

ゴゴ――――――ン。

四機の天風が、見事編隊を作って飛んでいる。

小隊長は綾部中也中尉である。

「まあ、あんなものですかね」

手をかざして天空を睨んでいた市江田一樹中尉が、ニヤリと笑って見せた。

海軍が天風を制式採用するという話はあるにはあるのだが、進んでいない。

零戦神話を信じている者がまだ多いからだ。

しかし、零戦がすでに神話ではなくっていることは、現場ではわかっているのだが、内地でふんぞり返っている連中は、まったくと言っていいほど理解していなかった。

その代わりと言ってはなんだが、あと四機の天風が『大和』に配属されると決まった。

費用は民間の航空メーカー四社が共同で用意したものである。その代わり、海軍が制式採用したときには、天風をこの四社に平等に製造させるという契約ができていた。


『黒鮫』が顔を出している。

久しぶりに竜胆艦長の会食があるらしい。

『黒鮫』の橋元潜水艦長は洋食が苦手らしいが、仙石参謀長は洋食しか用意していないという。

うまいと言わせるのか、まずいと答えるのか、どちらが勝つか。丹号潜水艦部隊の隊員たちが賭けているが、本当のところはよくわからない。


ドイツ人の三人は、ずいぶん日本語がうまくなった。

なかでもゲオルグ・コルビッツ少将は、リーダーらしく他の二人よりは上達が早い。

挨拶程度の会話なら、小原通信参謀が居なくてもどうにかできるようになっていた。

ただし、問題もある。

一兵卒たちと混じりすぎたのだろう、やや言葉遣いがぞんざいなのだ。

竜胆に、「なんだこの野郎」と言って、あとで小原にずいぶんと注意されたりもしている。

竜胆が、俺が教えてもいいと言い出しているので、一兵卒からもうじき艦橋入りになるのだろうが、

「私、一兵卒、大好きだから、あっちともいくよ、ちょっく、ちょっくね」

と、やる気満々だ。


「参謀長。この戦《いくさ》、勝ちたいかね」

「そりゃあ、勝てるならそのほうがいいに決まってますがね」

「しかし、アメリカを完全に屈服させるなんてことができるだろうか」

「そうおっしゃられると……そうですね」

「東条さんたちは、そこまで考えてくれているのかな……」

「長官はどう思われてるんです？」

「俺も勝ちたいよ。だが、勝ったとき、日本って国はバラバラになるかもしれない。それが怖くもある……」

「よくわかりませんが」

「俺だってそうさ」

天風の音が近づいていた。

出撃まで、あと三日ある。

「訓練に明け暮れるもよし、ぼおっとするもよし」というのが、竜胆司令長官の通達であった。

コスミック文庫

超武《ちょうぶ》装空《そうくう》母《ぼ》「大和《やまと》」3
帝国海軍を救え！

2024年1月25日　初版発行

【著 者】
野島好夫《のじまよしお》

【発行者】
佐藤広野

【発 行】
株式会社コスミック出版
〒154-0002 東京都世田谷区下馬6-15-4
代表　TEL.03(5432)7081
営業　TEL.03(5432)7084
　　　FAX.03(5432)7088
編集　TEL.03(5432)7086
　　　FAX.03(5432)7090

【ホームページ】
https://www.cosmicpub.com/

【振替口座】
00110-8-611382

【印刷／製本】
中央精版印刷株式会社

ISBN978-4-7747-6532-7 C0193